HANNA BERVOETS

被消失的貼文

哈娜・貝爾芙茨 著
郭騰傑 譯

WAT
WIJ
ZAGEN

《被消失的貼文》是荷蘭圖書宣傳總會（Stichting Collectieve Propaganda van het Nederlandse）為二〇二一年荷蘭圖書週（Boekenweek）活動所特別製作的出版品。

1

也許我們從來不會基於對別人的興趣而發問，

而是基於好奇心，那些我們沒經歷過或錯過的生活。

所以妳到底看了些什麼？

雖然我離開黑克沙公司已經十六個月了，但我還是常常被問到各種問題，頻率多得可笑。大家還是不斷試著挖出各種內容；如果我的回答沒有滿足他們的期待——太模糊、不夠震撼——他們就會再問一次，只是換個不同的方式問。

「可是妳見過最糟糕的事情到底是什麼？」我在博物館的新同事葛雷戈里問。

「那我到底要怎麼去想像啊？」——這麼問的是我的阿姨梅蕾迪特，多年來我只有在媽媽去世週年紀念日才會見到她，但她突然養成了在每個月第一個星期天打電話問我「最近好嗎」的習慣，哦，當然還有問我到底看到了什麼。

「要不然就選擇一段影片、一張圖片或一段真正觸動妳的文字——」嘿，還有安娜醫生，她說：「說說看妳當時的感受和想法？就在妳的腦海裡想像一個畫面，對，還要想像自己坐在那裡看討厭的影片。」然後安娜醫生帶著某種桿狀的東西過來，裡面有個燈上下閃爍。

所以，史提蒂克先生，您也加入了這個行列。您現在幾乎每天都打電話給我說：「請跟我聯絡，凱萊小姐。」您真的知道我叫凱萊嗎？不知道對吧？當然，您從我以前的同事那裡得到了我的資料，他們不知道我姓什麼，所以現在您說：「好吧，凱萊小姐，您到底看了些什麼？」

大家都表現出一副自己問了一個再正常不過的問題的樣子。但是你希望你的問題能得到可怕的回答，這又有多正常？那些人其實根本就不關心我。也許這並不奇怪，也許我們從來不會基於對別人的興趣而發問，而是基於好奇心，那些我們沒經歷過或錯過的生活（喲，史提蒂克先生，民法是您的專業，很好玩對吧？）——但無論是葛雷戈里或梅蕾迪特阿姨，甚至在安娜醫生提出這個問題時，我都察覺到了某種腥羶色的渴望，這種渴望只會引發更多問題，而且永遠無法完全得到滿足。

我在直播中看到一個女孩用一把太鈍的小刀刺傷自己的手臂，她必須非常用力刺下去，然後才開始流出一點點血。我看到有個人非常用力將他的牧羊犬朝著冰箱踢，那可憐的動物撞上冰箱後發出吱吱的聲音。我也看到孩子們毫無顧忌地比賽誰能吃下最大口的肉桂。我讀到有人向他們的鄰居、同事和不怎麼熟的人讚揚希特勒的特質，就這樣大剌剌的，未來的另一半和老闆都可以看到「希特勒該把工作做好」，並附上一張照片，上面有艘小船塞滿了移民。

各種噁爛的例子，您也知道，不是嗎？那些東西在報紙上都出現過了，從其他擔任過審查員的傢伙口中抄下來的，不過這可不代表我沒遇到過：納粹致敬禮和可憐的狗就不說了，女孩拿刀自戕簡直可謂經典。這樣的人有成千上萬，而且每條街上都有一個，我是這樣想像的：晚上，有棟房子浴室的燈亮著，她獨自坐在堅硬寒冷的地板上。但人們不想聽這些。他們要我描述一些新東西，他們永遠不敢自己去看的東西，還有遠遠超出他們想像的東西。所以葛雷戈里才會問：「妳見過最糟糕的事情到底是什麼？」而不是問：「那個女孩現在還好嗎，妳能幫她嗎，有可能嗎？」

老天，不，人們不知道我之前的工作內容究竟是什麼，那也是您造成的，史提蒂克先生。在您與我以前的同事共同提出訴訟的各種消息紛紛出爐之後，人們覺得我們懦弱地坐在自己的螢幕前，不知道自己在做什麼，也不知道自己捲入什麼事情之中，成千上萬個驚悚畫面朝毫無準備的我們襲來、我們的理智馬上斷線——嗯，不是的。至少不完全是這樣，也不是每個人都是這樣。

我知道我捲入什麼樣的事情。我知道自己在做什麼，而且我做得很好。我還記得當時的所有規範，有時也會無意間就運用起這些細則，這簡直可說是職業傷害；當我觀看影集和短片，甚至隨意抬眼看見，都會想起這些細則：那裡有個女人從她的電動代步車上摔下來，可以放上網路嗎？如果見血就不行，但如果情境顯然很歡樂就可以。一旦涉及施虐就不行，如果展示的東西具有教育意義就可以。而且，你猜對了，嘿，它可是具有教育意義的哦，通往博物館停車場的車道路況簡直一團亂——「這真的需要改善」，如果我在標題打上這麼一串字，這樣就是允許的——你看，當我撕掉手邊的四張「票」時，我心中就是在想這些東西。

而且，不，腦海不斷浮現這些規章並不完全是好事，但您知道，不知怎的，我還是對於自己很了解規範感到自豪。可是您要我說的不是這些，對不對？

❖

我還沒有回覆您的任何電子郵件。我也從來沒有回電給您，我以為您會理解的。我不想和您說話。我不想加入其他原告的行列。**我不想成為你們訴訟案件的一部分**。但是您一直打電話催促我，今天我收到了您的第二封信（您的筆跡可真優雅呀，史提蒂克先生）。

別以為我不了解。您是律師，堅持到底是您的任務，您的說服技巧掌握得挺不賴：我注意到您在每通語音留言都採用稍微友好的語氣。您知道我會注意聽，您知道我已經習慣了您的聲音，所以您不再說「您，凱萊小姐」，而是說「妳」，而且您還突然提到「眼前可是有一大筆錢等著」；您知道我有這麼一大筆錢可用，說實在的，我覺得這很恐怖。我以前的同事一定告訴過您我欠有債務，我很納悶這到底符不符合普遍適用的隱私條例，但是，嘿，您可能比我更了解這一點。

只要在博物館再待兩年，我就能還清所有債務。也就是說，如果我能在薪水較高的節日和假日排班工作——但願我在復活節和第二聖誕節*也能排到班——因為，沒錯，我真的不會參與這件事，雖然我知道我以前的同事會加入控訴的行列。

我有讀到，這幾天羅伯特帶著他的電擊槍睡覺，擔心恐怖分子晚上會來找他（那篇報紙文章提到的名字已經改為化名，但我確定「提莫西」就是羅伯特）。我也讀到「娜塔莉」無法忍受巨響、刺眼的燈光或眼角突然有東西移動（比較多員工有這類問題，所以我不知道娜塔莉是誰）。

我知道，許多我以前的同事就連去個超市，只要一有人站在他們身後，就會嚇得躲起來；白天躺在床上睡覺直到天黑、然後一直醒著直到天亮；累到無法重新找一份新工作，他們日夜所見的事情我也不想去談，不幸的是，其中一些症頭對我來說確實不陌生。是的，我和許多前同事一樣也退

＊荷蘭的聖誕節分兩天，十二月二十五號為第一天，十二月二十六號為第二天。

出了黑克沙公司，所以我再次強調，我能理解您為什麼現在來敲我的門。

但如果想要了解為什麼我不同意您的請求，您就必須先了解我的一些情況。史提蒂克先生，那些讓我徹夜難眠的畫面，不是渾身是血的青少年、赤身裸體的孩子的可怕照片，也不是砍殺或斬首的影片。不，讓我無法成眠的畫面，是我最親愛的前同事希荷麗。希荷麗靠在牆上，癱軟地大口喘氣——這就是我想忘記的畫面。

因此，我寫信給您的目的也是想提出建議。請把這封信想像成一種交易，一種和解。我告訴您我在黑克沙公司的時光，我的工作內容、各種細則，還有可悲又可惡的工作環境；簡單說，我會告訴您絕對感興趣的東西。

接著，我會跟您解釋我離開黑克沙公司的原因。我從來沒有告訴過任何人，但我會誠實以對，開誠布公，毫不隱瞞。屆時您自然會了解為什麼我不會成為您的客戶，史提蒂克先生，事實上，您甚至可能根本不想再幫助我了。

我對您要求的回報，則是您必須絕口不提我透露的事情，還有永遠別再煩我。別再寄電子郵件，別再打電話，等一下也不要出現在我家門口。如果我以前的同事問起，就說我移居國外，想點什麼搪塞過去，這點您一定很在行。

請注意，我的描述可不是正式的證詞。我不會在任何地方提及被告的名字，我一旦這麼做就違反了合約，您是知道這一點的。我已經詢問過專家，也很清楚自己的法律地位，所以我再說一遍：我無意指控任何人或任何事。我只是告訴您我的故事，就這麼一次。

2

我們不斷面對的問題是：

這個能留在平台上嗎？

如果不能，那又是為什麼呢？

後者其實比前者更難回答。

十月分的新進人員共有十九個人。在我們開始工作之前，我們有一個必修的員工訓練課程，那個星期我對愛麗絲印象特別深刻，她是個金髮女人，拄著拐杖，與我們大多數人的年齡差距大概有三十歲。在休息時間抽菸時，愛麗絲說她以前是一名社會教育顧問。那她現在來這裡幹什麼呀？我記得我當時很納悶。

後來希荷麗告訴我，這恰巧就是她對我的看法：那個人來這裡幹什麼呀，那個凱萊？我馬上就注意到她了。她說，她覺得我很有意思，我留短髮、穿著皺巴巴的NOFX樂團T恤，看起來不在乎別人怎麼看我，她認為這極其性感。

那個星期，當我隔著螢幕偷瞄別人時，我望向愛麗絲，她看起來總是很專注，她的拐杖斜靠在她的辦公桌旁。每到休息時間，我常常過去和她站在一起，她的年紀足以當我的母親，她以一種奇異的、不一定帶有情色意味的方式吸引了我。愛麗絲話不多，很難捉摸，但是當我在第三天聽到這個女人說她覺得嚼口香糖很噁心時——「構造簡直像鼻涕一樣，竟然可以放在人的嘴巴裡嚼」——我立刻把口中的司迪麥口香糖吞下肚。

我並沒有和我們班上的其他人說話。我對自己說，我不是來這裡交朋友的。畢竟我之前的工作不就是這樣搞砸的嗎？這麼說吧，我「人太好」的下場是換來一張被凍結的信用卡。

我來申請黑克沙公司的職缺，主要是因為他們的時薪比我前一份電話客服中心的工作還要高二〇%。除此之外，職缺說明並沒有提及太多內容，除了概略的薪資指標，廣告中關於職位的描述僅有模糊的一句話：黑克沙公司正在招募「優質員工」——我得搞懂這到底是什麼意思，但就為了那二〇%的薪水，還不如去撿垃圾比較快。之後的面試也不怎麼深入，但我從中得知黑克沙公司只是一個轉包商。他們甚至在我還沒來得及碰合約之前就告訴我，基本上我會為一家強大的科技公司進行「內容評估」，但我絕對不可以說出那間公司的名字。

我很快就發現，這個平台、也就是您控告的對象，制定了我們所有的細則、工作時間和規章。而我們將要審核的所有貼文、照片和影片，都已經被那個平台及其子公司的使用者或網路機器人標記為「令人反感的內容」。我們這批非常勇敢的十月新進人員，在員工訓練週的第一天盡了最大努力，沒有說出實際雇主的名字，直到發現我們的指導老師，竟然把平台名稱大剌剌地掛在嘴邊——指導老師是一對年輕男女，他們表示自己一開始也是從審查員當起，所以他們有意無意暗示，我們所有人都有可能升遷（我認為，就是這麼勵志的前景，使得我們班的一些人在黑克沙公司待太久，結果反而對他們不利）。

他們還說，平台允許這種行為，所以我們很快就搞懂了，我們必須三緘其口的對象主要是外界。黑克沙公司所在的辦公大樓，安全地藏身在一個商業園區裡，外面還有個公車站，沒人知道裡面有我們這群同儕，好似祕密社團的兄弟姊妹。這次員工訓練是一種洗禮，一種新生訓練，用意是測試我們到底適不適合入行。至少當時我是這麼覺得的。

第一天我們就拿到兩本講義，一本是平台使用條款，另一本是審查員規章。我們當時並不知道這些規章每隔幾天就會修改一次，而且我們拿到的講義其實已經是舊版了。講義不可以帶回家，所以我們只能現學現用。在訓練的第一天，我們的螢幕上出現的是文字訊息，接著從第三天起出現照片、影片和直播視訊。我們不斷面對的問題是：**這個能留在平台上嗎？如果不能，那又是為什麼呢？**後者其實比前者更難回答。

像「所有穆斯林都是恐怖分子」這樣的文字必須從平台上刪除，因為「穆斯林」是「保護類」詞彙——全名是「受保護的類別」——跟「女人」、「同性戀」一樣；史提蒂克先生您可能不相信，「異性戀」也屬於保護類。而「所有恐怖分子都是穆斯林」就可以留在平台上，因為「恐怖分子」不是保護類，況且「穆斯林」也不是侮辱性的詞彙。

如果影片出現某人把貓扔出窗外的畫面，那只有並非出於殘暴動機的情況下才可以保留；不過，把貓扔出窗外的照片卻是絕對沒問題的。人在床上接吻的影片也是允許的，只要我們不會看到生殖器或女性的乳頭，而男人露乳頭則毫無問題。手繪的陰莖插入陰道畫面可以保留，數位繪製的外陰則不行；兒童裸體的畫面只有在呈現新聞報導時才能顯示，但涉及大屠殺的情境除外；沒穿衣服的未成年大屠殺受害者照片則是禁止的。左輪手槍的照片符合規章，但如果是要出售左輪手槍就不行。詛咒戀童癖去死可以，詛咒政治人物去死則不行；影片內容如果是某人在幼稚園毫不遲疑引爆身上炸彈就該刪除，而且原因應該是宣傳恐怖主義，而不是暴力或虐待兒童。

如果我們選錯了類別，不管該則貼文本身是否應該被刪，都會被視為錯誤的評估。在那個星期當中，我們每天要評估兩百則貼文（實際上，我們成為正式員工後每天要評估的貼文還會更多），而且在每天訓練結束時，我們都會看到自己的正確率百分比。黑克沙的目標是正確率達到九七％；起初，我看到自己的正確率沒有超過八五％，感覺很抓狂，後來我開始偷看奇歐的螢幕作弊。

奇歐可能比我小十歲——他背包上的原子筆塗鴉說明他可能高中剛畢業——他常常坐在我旁邊，他的正確率從來沒有超過七五％。這的確讓我很振奮，不過就在員工訓練第四天，愛麗絲在公車站告訴我她評估那些「票」的正確率高達九八％時，我當晚就決定先不開啤酒，看看這能不能讓我隔天把分數衝高。

我不知道希荷麗是如何撐過那段時間的。如果您問我第一次真正注意到她是什麼時候，我會說：在我們訓練的最後一天，我們的「考試」期間。我個人認為那是一次滿奇怪的練習，像一種口試，但要在全班面前進行。我們一個個被輪流叫到台上。然後我們全部的人一起觀看一段影片或一張照片，接著被叫到台上的人必須說出該則貼文符合或不符合規章的原因。

愛麗絲分到的題目是一個嬰兒被一名成年女子放在砂石路上，然後被兩個男孩用石頭砸死的畫面。她穿著寬鬆的牛仔夾克平靜地站在那裡，靠在一張長凳上，神采飛揚地講出正確答案：「虐待兒童，或可屬於暴力死亡子類別，不過影片說明並無美化，所以應該保留，但要標記為令人不安。」

希荷麗也做得很好，但讓我印象最為深刻的是她站在那裡的樣子。其他人來到台上作答時，語氣多少有點疑惑，但整體而言與平時說話的方式並沒有太大不同；希荷麗卻是充滿自信地來到我們面前，雙手緊握在一起，就像替主人迎接客人的管家。

「我們在這裡看到的，」她用洪亮又清楚、字正腔圓的口吻說，「是一個帶有色情內容的案例，一個女人的乳頭出現在三分四秒的畫面中。乳量明顯可見，表示這則貼文應該依照女性裸體的類別刪除，不過有鑑於影片說明寫著『我希望它會痛』，這個內容也含有虐待狂的成分。在我看來，用這兩個原因刪除都是正確的。」

希荷麗對我們說話的方式包含某種非常逗趣的元素，她帶著微笑，一個一個盯著我們看，彷彿她是在開玩笑，在嘲諷規章——我認為我們的訓練師也懷疑希荷麗是否認真對待自己的題目。但她的回答是正確的，當他們告訴她過關時，希荷麗笑著連連點頭數次，好像她還沒有說服自己她做得很棒——她的反應顯示她的態度確實是認真的。

她演講的方式就是這樣；幾個星期後，當她在置物櫃後面告訴我她曾在餐飲業工作時，期末考那天的表現就說得通了。對了，那時我還不敢問她究竟為什麼離開餐飲業，也不想讓她產生這種印象——啊，妳不是幫客人倒酒就好了嗎，來這裡幹什麼？

如果您有興趣聽聽，我自己的演講並沒有原本所預期的順利。我分到的題目是一個男人手臂著火的影片，火勢似乎蔓延到了他的背部，但影片很短，情境也很模糊。我重播影片，希望能看到那隻手臂到底是怎麼著火的，但最後還是沒辦法。我眼前這影片到底是暴力犯罪、意外事故、開玩笑還是政治聲明？如果是最後一種情況，無論如何都必須保留畫面，誤刪等同於侵犯言論自由。

我只好再播一次影片，這次我把聲音調到最高；事實證明這個舉動是正確的，這樣每個人都可以聽到那男人的尖叫聲，簡直跟小女孩一樣高亢而刺耳，那聲音我永遠不會忘記，不過當下我沒想那麼多。不，在那個當下，在全班的人面前，我感覺最抓狂的是我沒有早點搞清楚那支影片的重點。直到後面有個女孩答題時——她分到的影片裡面有個男人在幹一頭拳師犬——她離開考場、十分鐘後紅著眼眶回來，我的挫折感才稍微緩和了一點。最後，我們全都被錄用了，包括那個逃跑的女孩。

唯獨愛麗絲婉拒這份工作。可能是我的記憶被汙染了，但我真心相信，那正是我那個星期所遭受最大的挫折。

❖

好了。現在，有些事情您一定很想聽，史提蒂克先生——您準備好了嗎？首先，我以前的同事對於我們惡劣的工作條件所說的一切都是真的。我們是不是只有兩次休息時間，其中一次只有七分鐘，光是排隊等候僅有的兩個廁所，休息時間就到了？那當然。一天處理不到五百張「票」就會被約談嗎？就是這樣。當我們的正確率低於九〇%時，我們會不會收到嚴厲警告？當然會。如果有人得分常常過低，會被解僱嗎？這種案例我聽多了。是不是還有一個計時器，只要我們一離開辦公桌就開始計時，就算只是舒展一下手腳也一樣？黑克沙公司就是這樣搞的。

但您最想知道的一定是：心理輔導究竟是怎麼回事？嗯，在這方面我也同意我以前同事的看法，我幾乎沒有注意到我們的工作還提供心理協助。有一次，有個輔導員向我們走來，是一個身材矮小、眉毛濃密的男子，他偶爾會在走廊上閒逛；某天我和希荷麗看到他穿著藍色吊帶褲站在公車站，後來我們就叫他超級瑪利歐。我一直以為他是技術人員，但現在我發現這男人似乎教過某種課程。

「妳們有什麼意見要分享嗎？」有一天他這麼問我們。那是在羅伯特鬧事之後，我本身已經在黑克沙工作了幾個月，我不知道他們有沒有告訴過您，但我覺得超級瑪利歐會認定羅伯特「有點過勞」。

那天早上，羅伯特來的時候我馬上就看出來了。通常，在走動的人會快速尋找一張空的桌子坐下，大家都想要沒有太多髒黏汙跡、又靠近窗戶的位置。但羅伯特沒有往窗邊的桌子看，他其實根本沒有低頭去找，因為他不是在找空位，他是在找傑米，也就是我們幾位「主題專家」的其中一員。

主題專家簡稱「主專」，任務是評估我們的工作，他們根據樣本判定我們的分數，雖然理論上是我們的上級，但實際上還是跟審查員坐在一起。看吧，我早就覺得這很怪了。如果我是黑克沙高層，我會把這些主專安排到其他地方，例如設有防彈滑門的樓層，因為現在我們有像羅伯特這樣充滿善意的傢伙，會在某個稀鬆平常的星期三早上，用電擊槍抵著像傑米這樣的好心人的背部。

我其實不太記得起因到底是什麼了。羅伯特刪除了一則針對某人的死亡威脅貼文，但傑米認為處置不當，因為受到威脅的是一般公眾人物，而一般公眾人物不屬於「保護類」，除非他們是社運人士或政治人物；或是正好相反，也許羅伯特保留了這則貼文，但傑米認為這不是針對一般公眾人物，而是社運人士。不管怎樣，傑米最後還是給了羅伯特低分，這不是第一次了，我猜羅伯特的分數一直在八〇%左右徘徊。所以，現在羅伯特覺得用電擊武器威脅傑米，拿回自己失去的分數，還要洗刷被誤判的冤屈，似乎不賴。

這條資訊對您來說可能也很有價值：我們所在的樓層沒有保全人員。

所以羅伯特就只是站在那裡，將那把電擊槍抵在傑米的肩胛骨之間。而傑米動也不動，頂多只說了「冷靜一點」之類的話，在場的每個人都望向他們，所以羅伯特臉紅了，傑米脖子上出現斑點，好像他們偷情被當場抓包，把隔壁床的窗簾拉開一看，他們就躺在裡頭似的。

「去你的，」最後羅伯特開口說，「操你的傑米，我不幹了！」

在那之後我們有大約四天沒見到羅伯特，但接下來的那個星期他又來了，他戴著兜帽，沒有人要求他把那玩意脫掉。每個人都知道之前發生過什麼事，就連那些不在場的人也都聽說了，但羅伯特勇敢地回來承認：「沒有黑克沙我就活不下去，沒有傑米我就活不下去，我就是需要這份工作。」

您知道嗎，我真心認為他實在太屌了。

現在，當然，您會想知道當時羅伯特有沒有被超級瑪利歐約談，但很抱歉，這我不確定。我所知道的是，羅伯特爆發後的第二天，那個小子在我們樓上一層的房間裡召開聽證會，他自備飲水機，桌子上有一盒紙巾——老天，他們真的這樣搞，我記得我當時在想的是：一個房間，桌上放著一盒紙巾。我們三十個人圍成一圈坐在那裡，羅伯特發瘋的那天早上，大約有一半的審查員在值班。我只認識奇歐和索哈姆，他們和羅伯特一樣成了我的朋友。

整場會議我什麼都沒說，因為我理解羅伯特。我們的正確度分數很重要，那就是努力的目標，如果我自己的評分一直偏低，我也會感到挫折。「我真的沒什麼要說的。」所以我只能這麼說。我差點就準備要閃人了，但瑪利歐接口：「**我可以想像妳看到了一些不好的東西。**」

我不是在開玩笑哦，他真的這麼說，我可以想像妳看到了一些不好的東西。我望向奇歐，他漫不經心地點點頭；我又望向和我交換眼神的索哈姆，他幽微地挑了挑眉毛。瑪利歐的發言太狂妄了——這個小子向我索求信任，但似乎完全沒準備面談，所以我什麼都不會透露，就是不會。

會議結束，我起身回到辦公桌前，在那裡待到下午結束，我覺得很煩，因為這個會議妨礙我達到當天的目標。在那之後，我和我的同事再也沒有見過瑪利歐；如果您問我的看法，我會說，這還挺不負責任的。

我希望您記錄了以上所有內容。

❖

「但妳在那種情況下到底是怎麼熬過來的？」第一篇關於我們工作的

報紙文章出現時，我的阿姨梅蕾迪特就很好奇這個問題。我能想像您也想知道。好吧，在我繼續說下去之前，有兩個原因必須先講。

原因一：當我開始在黑克沙工作時，我已經很習慣了。正如我之前告訴過您的，我在一個電話客服中心工作，當時我是一家公司的「客戶服務助理」，這間公司承攬了一家大型家具製造商的客服業務，他們從中國或者天曉得哪裡的地方進貨，所以客人訂購的粉紅色天鵝絨沙發和復古黃銅茶几在送到他們手上之前，至少在國際配送中心迷路了四次。同一時間，那些客戶整天都在打電話給我；我的休息時間可能比在黑克沙稍微長一點，但工資少多了，而且在電話客服中心，我一站起來也會開始計時，當然就連那種地方也有某些績效指標必須達成，最好是每小時十五通電話，加上平均八．五分的客戶滿意度。

有人一直堅持主張我們應該照網站標示的期限交貨，還告訴我們她多希望將那盞蛋白石玻璃檯燈送給她的女兒當生日禮物，如果沒送到，整個生日派對都會搞砸——試試看，你做得到嗎？你可能會想，如果生日派對成不成功全靠這盞蛋白石玻璃檯燈，好像有點怪怪的，但你不能說出口，不，你一整天都在隱忍，因為萬一你不小心說出一些睿智的話——「可是小姐，真的有那麼誇張嗎？」他們就會開始大呼小叫，是的，十五個打電話進來的人當中至少有四個會對你大吼大叫，還會祝你得到各種奇奇怪怪的東西、說你是個臭婆娘。

接著他們會要求**你的經理**出來，你的經理，你根本不知道有沒有經理，你只認識樓下的赫瑞和面試你的那個女人，但她當然完全沒有要幫助你的意思，而當你向客人解釋為什麼不把電話轉給經理時，你同時在心裡祈禱著她趕時間、她會這麼憤怒是因為各種雜事或等一下還要去接孩子，你還祈禱她在播放預錄好的語音女聲詢問客戶滿意度之前就掛斷。

不過很遺憾，留下評價的永遠是抱怨的人，當你在腦海中想像你的客戶滿意度呈現自由落體的狀態時，你面前的同事開始哭泣，她因為天曉得什麼事情而被痛罵一頓，那個女孩只能不斷扮鬼臉、抑制住嚎啕大哭的衝動，而你坐在那裡直視一張滿是唾液的嘴巴。

長話短說，我剛開始在黑克沙工作的時候，感覺可說是舒緩多了。真美妙，我心裡想著，沒有人衝著我大吼大叫，這真是無法想像的棒。雖然在我必須審查的貼文中，有時夾帶了最恐怖的詛咒，這點倒是沒錯——但至少那些詛咒不是衝著我來的。

「但妳在那種情況下到底是怎麼熬過來的?」

繼續,第二個原因:我剛開始在那裡工作的時候,我的心思並不完全放在那裡。我忙著想其他事情,而我的工作恰好適時分散我的注意力,儘管當時我與其他同事幾乎沒有接觸,而就在我開始體會我們的工作條件真的很爛時,我或多或少已經習慣了——聽起來很奇怪,對吧?讓我稍微解釋一下。如果您想了解我為什麼待這麼久,您必須先知道我一開始究竟是如何以及為何開始的。

與其說迷戀是一張集滿某些感覺和行為模式的集點卡，不如說是慾望加恐懼的單純總和。

我到黑克沙公司正式上班的第一天是星期二。我本來應該在星期一就上工，但耶娜只能在那一週的星期一下午三點和我喝一杯，所以我在正式開始上班之前，硬是換掉了第一個班次，我覺得他們沒有馬上把我轟走真是奇蹟。

耶娜是我的前女友。我們是在電話客服中心認識的（我有沒有告訴過您，我在那裡的時候人真的太好了？），而且已經在一起整整一年，其中十一個月我們一起住在我從母親那裡繼承的房子裡。

「妳一定交過很多女朋友，對吧。」耶娜第一次和我上床的時候說。

我們躺在我青少女時期用過的臥室裡。幾年前我拆下「年輕歲月」樂團的海報和滑板選手的照片，把它們捲起來、給它們一個吻，然後讓它們消失在新的雙人床下方抽屜。現在，在那張容易聯想到拉皮條的四柱床上，我犯了一個錯誤，就是對耶娜關於我交過很多女友的評論一笑置之。「所以是真的囉！」她說。我們都大笑了起來，所以我想應該沒事了。我其實根本沒交過多少女朋友。但我心想：她愛這麼想就讓她去想吧，這應該會讓我更有吸引力。

事實是，在耶娜之前，我只談過一段長期的戀愛。芭芭拉比我大十五歲，我們在我十七歲的時候認識，那時我母親剛剛二度入院——心理分析的部分就交給您囉，史提蒂克先生。在我母親去世以前，我就已經和芭芭拉住在一起了。我的老家現在由我一人獨有，因為我父親幾年前駕車駛出車道以後就再也沒回來。我把它出租給一群學生，直到六年後，芭芭拉問我對她的新歡莉莉安——一個二十歲的女按摩師——要搬進來和我們一起住有什麼看法。

我們的分手像是切蛋糕一樣：刀子小心地把我們切成兩半，餡裡的杏仁糖花毫髮無損。芭芭拉用一種體面的方式幫我把房客趕出我媽媽的房子，當我收拾好她專門為我購買的行李箱時——她不想讓我搬箱子或提垃圾袋——我發現自己鬆了口氣。在內心深處，我一直都很清楚，我絕對不敢主動離開為我做了這麼多事的女人。

我獨自一人待在我學會說話和彈吉他的房子裡。最初的那幾天我感覺很自由。小時候住在那裡絕對不能做的事情，我全做了：把垃圾袋堆在外頭門廊上，早餐、午餐和晚餐都吃披薩餅——好像在對這棟房子說，現在你是我的、我才是主人，從現在開始規則都由我來訂。連續好幾天，我都獨自躺在床上、或跟梅赫蘭一起躺在沙發上打電動，當時他還是我最好的朋友。但後來冰箱壞了。儲藏室裡的割草機已經壞了一陣子，雜草探頭伸進門廊上。與此同時，洗衣機嚴重漏水，每次洗完衣服，浴室都成了一片汪洋，所以我開始墊衛生棉以節用內褲。

「妳該買新的了。」某天下午，當我遞給梅赫蘭一碗水水的奶油乳酪時，他說：「冰箱壞了，這不健康。」他嚴厲地盯著我看，最後我只好承認自己沒有錢買一個新的。

所以我最後去了電話客服中心。在耶娜約我出去之前，我已經跟洛娜熱吻過一次（我認為她主要是希望和我一起跳支熱情的舞來激發米屈的性慾），我想這就是為什麼耶娜問我以前是不是交過很多女朋友。唉，我有夠後悔沒有立刻告訴她真相。**一個，我就只跟一個女人交往過，我過去三年完全沒跟她發生性關係**，但是不行，我終究沒這麼說。

我讓耶娜相信我是個情場老手，從那時起，只要我們一起在電視或手機上看到某個女人，她幾乎都會問我對她們的看法。我給那個女孩打幾分，如果要逐項評分，那她的嘴唇怎麼樣，那個女人的屁股是不是比她更翹？假設那個非常漂亮的警探連續劇女主角突然就在我眼前，我會展開追求嗎？還有那個氣象主播、隔壁的女孩還有她自己的妹妹呢？我其實覺得她妹妹很有吸引力，那誰比較有吸引力呢？是她，還是她的妹妹？不要吧，哈哈哈，這有點太過頭了吧？「開個玩笑嘛。」耶娜說。

我開始體會到，這其實不是我造成的。這是社會對所謂美麗所強加的典範，還有孩子從小就養成對於孤獨的焦慮感以及自我厭惡，吧啦吧啦之類的，這些雖然是女性雜誌常見的素材，但我還是覺得很有意思。

耶娜的不安全感，就像我在玩的手機遊戲中不斷冒出的氣泡一樣，我得不斷戳破它們，可是它們只會越來越多，而我又不想輸，我不想失去她，因為我講的笑話她會笑，她會對我說我很漂亮，而且她看得懂某些（不是所有）警探連續劇的優點，而且她的頭實在太小，正好符合我的胸口大小，所以晚上她把頭靠在上面時會讓我的心跳變慢——沒錯，變慢，而這正是我所需要的。

所以我們在一起幾個星期後，她就開始非常巧妙地、幾乎是隨意地向我要東西，而我把她的心願看作是再好不過的契機，我能藉此愉快又具體地證明我對她的愛。

一台大電視，這樣我們就不必用我慢吞吞的筆電看連續劇了——嘿，這對我們兩個都好，不是嗎？一張沙發床，這樣她妹妹來找她的時候，就不用當天一路開一百四十公里回去了。那條泡泡袖洋裝，因為她瘦了，她其他所有的衣服都讓她想起了以前的體重。那條高拉鍊褲子，因為她胖了，覺得其他所有褲子都顯醜。

也許我們應該找個時間出去吃一頓好料的，不如就去那家有藤蔓植物的餐廳吧，我們很常看到別人去那裡吃飯的照片，因為我們最近幾天沒什麼話說，下週我們不是正好在一起滿七個月嗎？也許還可以去巴黎旅行，因為我們總是吵架，我不是說我們應該找機會去度個假嗎？

那個電唱機，有了它，她就可以在家練習了，這真的會成為一份非常賺錢的副業哦，現在是投資自己的最佳時機。一頂假髮、兩頂假髮，塑造形象當然是必要的，然後還得有一台真正的相機，因為她當然需要夠專業才能推銷自己的形象。對了，要去表演的話開車快多了，如果她的手機再好一點，她偶爾連續幾天不在的時候我們至少還能視訊聊天。媽的，她去表演的夜總會賣的票不夠多，活動必須取消時她有義務概括承受部分支出，這些小鼻子小眼睛的混蛋。我身上應該還有現金吧？

「她在利用妳。」某個耶娜不在的晚上，梅赫蘭對我說。我們正在玩他帶來的新射擊遊戲，梅赫蘭剛好射穿了一堆殭屍的頭顱。

「她沒有利用我，我是在幫她建立新的職涯。」我一邊給武器填子彈一邊抱怨。

「她的社群媒體帳號頂多只有四十個人關注。」梅赫蘭躲在一桶汽油後面說。

「以後會變多的。」

「她只會掏空妳的錢。」

「掏空我的錢？」我搖頭大笑，從天上射下一架直升機，「拜託，我啥都沒有！」

「這就是問題所在，」梅赫蘭說，「妳早就知道的。」然後他放下控制器，直視著我，這一局我贏了。

❖

好的，史提蒂克先生，現在您大致了解了我進黑克沙公司工作以前的情況。那個星期一，在我應該開始上工之前，當我走進一家咖啡店時，幾乎是破產的狀態。我已經兩個月沒有見到耶娜了，老實說，我以為自己已經不再被愛沖昏頭、甚至有點開始怨恨她，這讓梅赫蘭鬆了一口氣。然而，當我看到她就那樣坐在那裡，在一張過低的桌子旁，肩膀蜷縮進她的手機世界，我就感到胃部一陣下沉。她在眉毛動了點手腳，我從她的側臉就能看到，眉毛一下子濃密許多，幾根頭髮結成一撮、成了粗黑的條紋，好像她的前額經過審查被遮住了似的。我不喜歡這個打扮，但她付出的努力讓我平靜下來。她很抱歉。同時間她說：她很抱歉，她很想我。

我也很想她，我說。我談到了我的新工作，我的債務現在可以自己解決，因為我已經和信用卡公司達成協議。但她沒有回應。耶娜假裝我的債務不存在，就像一個男人讓他的女朋友懷孕，然後怪她沒吃避孕藥；我的債務是我自己的，是她不想承認的私生子。這種行為當然很混帳，可是當我們用擁抱和吻得太久的嘴說再見時，我早就不再生她的氣了——「我很想妳」的咒語已經完成了它的任務，也許我們應該再試一次。不過這一次我們不必馬上同居，應該要慢慢培養關係，還要公平地分攤開銷。您可能不相信，但這些真的是我來到黑克沙公司的第一天在想的事情。

每次休息時間我都會衝到置物櫃檢查手機，看看耶娜有沒有傳東西給我，對，我就像一個瑟瑟發抖的癮君子，跟其他瘋癲的同事們站在一起，他們忙不迭地交換手機、瀏覽彼此的螢幕。工作空間嚴禁使用手機，因為我們所看到的任何東西都不得拍照或錄影。

我跟其他一大坨人擠在置物區，感覺就像是野戰郵局的一名士兵，希望能收到他的女朋友寄來的新大頭照，或是一張便箋，讓他知道女朋友在想他。奇怪的是，當這個士兵有一天終於從前線歸來時，卻很難再見到那個女孩。耶娜要去一間夜店放音樂，但我找不到任何關於這間夜店的資訊。要不然就是她又借住她妹妹家，後天才會回來。她沒有收到我的訊息，因為她的手機壞了，哦，買錯手機啦，她需要一支真正新的手機（眨眼眨眼）。

「現在就跟她切乾淨。」星期五晚上梅赫蘭說。他把手放在我的肩胛骨之間，感覺像是要把我撐住而不是安慰我，就像一個爸爸把手放在學騎腳踏車的兒子背上。「妳值得更好的。」他說。這一次我沒有回嘴。

下個星期天我回去上班，我刻意選了一個靠近地板的置物櫃，這樣我就很難拿到手機了。那天的休息時間我走到外面，這是幾個星期以來我第一次這麼做。我走進了新鮮而寒冷的空氣中。那時是十一月下旬，同事們圍成幾個小圈圈分散各處，靠在牆上或燈柱上，夕陽低垂，把長長的影子投射在停車場上。

當時大夥兒正忙著交換各種東西，我以為那些不過只是水瓶和香菸。有那麼一瞬間，我彷彿回到了十二歲，不知道自己到底應該加入哪個小圈圈，接著我看到希荷麗、奇歐和一個我不認識、穿帽T的男孩，坐在分隔停車場與車道的矮牆凸緣上。

「嘿。」我還沒走到他們面前就喊出聲來。

「嘿，」希荷麗立刻說，「妳是凱萊，對吧？」她笑著拽了拽自己的手套，那玩意太小了，外套袖子也太短了，不管怎麼拉都蓋不住手腕，又過了一下子我才認出，她拽手套的動作其實是抽搐。那個當下，希荷麗穿著緊身皮夾克，看起來很酷。

「我們在討論一件事情，」她說，示意我過來矮牆坐在她身旁，「羅伯特剛剛在這裡看到一段影片，有個瘋子在床上玩兩隻死掉的小貓。沒有針對動物的侵入式暴力，因為在影片開始時那些動物已經死了。」說到這裡，希荷麗看著羅伯特，那個穿著帽T的男孩。我納悶為什麼在這種氣溫下他只穿一件棉T，羅伯特點點頭，聳了聳肩抵抗寒氣，「牠們都僵硬了。」他喃喃自語。

然後希荷麗繼續說：「你可能會覺得，『把影片留著吧，這跟其他人哀悼死去的豚鼠所拍的照片沒有什麼不同』，不過嘛——」

「那個瘋子之前就貼了一部影片，裡面你會看到他真的殺死了那些小貓。」奇歐插話。他似乎是從希荷麗那裡借用了「瘋子」這個詞，而且他講「殺死」這個詞的時候，聲音突然低沉下來，就像經歷變聲的小夥子——但還不滿十七歲，我馬上又想到。

「所以針對動物的侵入式暴力確實存在，那就屬於暴力死亡子類別，」希荷麗說，「那小鬼勒死了那些小貓，可能還扭斷牠們的脖子，但你得剛好看過之前的影片才會知道，所以，你該怎麼處理他玩弄那些死去小動物的影片？」

「保留它。」我馬上說。希荷麗、奇歐和羅伯特疑惑地看著我，那一瞬間我覺得自己彷彿講出了神諭。「至少沒有殘暴的附註就可以保留它。沒有文字的話，這段影片符合規範，而之前的影片不算，所以如果你保留這影片，傑米真的不會拿你怎樣。」

希荷麗點點頭。「我就說嘛。」她說，奇歐笑了笑，好像很高興討論結束了，但羅伯特只是搖搖頭。

「該死，我就是做錯了。」他用微微顫抖的手指點燃一根自己捲的菸。

羅伯特，奇歐，希荷麗，後來還有索哈姆和路易斯。他們是我在黑克沙的日子裡對我最重要的人，我是真心愛他們的。希荷麗和其他男孩之前就認識了，雖然我一直不懂是什麼把他們連結在一起，也許從最廣泛的層面上來說，他們吸引我的原因不過就是我們的工作環境。奇歐、索哈姆和希荷麗跟我一樣，都是目前表現不錯的十月新人。而我和羅伯特、路易斯還有——又是希荷麗——一起輪班。希荷麗和我見到路易斯的次數略多於見到索哈姆的次數，後者也偶爾上夜班。

此外，我的新同事是唯一知道我白天看到什麼東西、那些東西帶給我什麼感覺和意義的人，儘管我們很少討論意義；工作時間裡，我們大多在討論什麼該刪、什麼不該刪。偶爾有人會說：「我剛看到一些真的很噁爛的東西，嘖嘖。」我們只是點點頭，我們知道現在該讓他一個人清靜一下。不過，在工作時間之外，一切又是完全不同的光景。您想知道怎麼回事嗎？來吧，讓我帶您去我們最愛的咖啡廳瞧瞧。

這間運動酒吧位於我們商業園區一個巴士站後方，毗鄰一家五金行、一家汽車經銷商和兩家相互競爭激烈的路邊餐廳，這兩間餐廳最近都開始為吃到飽套餐提供免費無酒精飲料的優惠。現在是十二月，而且還是聖誕夜，我已經在黑克沙公司工作了兩個月，自從上次與希荷麗、羅伯特和奇歐在矮牆上休息後，我就夜復一夜地坐在這裡，把 B-52 雞尾酒一杯接一杯地乾掉。

經歷了嚴酷的十一月，我們現在正經歷一個溫和但多雨的節慶月分，黑克沙公司大廳裡居然放了一棵聖誕樹，運動酒吧的窗戶閃爍著燈光，我本來不知道那些燈其實一年四季都掛在那裡。這點路易斯知道，他在黑克沙工作了一年多，經常抱怨我們周圍的人換工作的速度實在太快。「我們都要承諾留下來哦。」他有時會這麼說，我們聽了當然覺得有點矯情。

坐在路易斯旁邊的是索哈姆，他的年紀比其他人稍大一些，而且學過法語。來這裡工作之前，索哈姆從事自由翻譯工作，但工作機會大減，到了去年他幾乎只剩下「人類智慧任務」可做：在家為線上分包商做些藥品指示或烤箱說明書之類的翻譯小差事，分包商則會按件計酬，然後支付微薄的費用。黑克沙跟他保證很快就會升遷，也許是升任法國市場的「主專」之類的，但是索哈姆後來持續追問，沒人能告訴他什麼時候會成真——這些事我原本統統都不知道，就在這個聖誕夜，因為索哈姆很少談起自己的事情。他比較喜歡傳授各種啤酒的品質差異，而且他在輪次方面進度神速，我們幾乎都跟不上他，今晚我們還把剩下的酒倒進彼此半空的杯子裡，誰喝得最少就分到最多，這是一定的。這樣的例行公事象徵了我們的友情。

你聽，收音機正在播放那首〈你是我最想要的聖誕禮物〉。我們身後的高速公路塞滿了車，裡頭坐著趕著回家的人們，教堂裡擠滿了望彌撒的群眾，人人都想聽塑膠馬槽前的祝禱，或是反思過去一年中發生的事情，那天晚上我們談話的主題是什麼，在那裡，我們坐在酒吧高腳凳子上的時候，到底聊了什麼？

什麼都沒聊。沒錯，我們只顧一邊講話、一邊大笑；當我們指著螢幕上的比賽重播畫面時，謝天謝地，我們總算放鬆了下來。和往常一樣，路易斯吼得最大聲，就在他把第二杯啤酒端到嘴邊之前，他喊著那個慢吞吞的同志應該重新學習怎麼跑步。

「天啊，這死娘炮還真懶惰，這樣當然永遠得不了分，他們輾過對手的速度比希特勒輾爆猶太人還慢——嘿，大家快看，誰進來啦？喂，不要馬上看，白痴，現在看，對，十一點半方向，她在那裡，看清楚，有人能夠在經過她的時候不嘔吐嗎？如果她不帶著那二十噸體重過來坐在這裡，我們就啥都看不到，喂，羅伯特，趁那個T過來之前快點坐上那把凳子！」

我們當然大笑出聲。沒錯，雖然奇歐有點超重（我們稱之為「嬰兒肥」），我是T，索哈姆是黑人，而路易斯本人甚至是個猶太人，但我們全都開懷大笑。出於習慣或是某種認可，每次我們都會被這些笑話逗得大笑，因為這是同性戀、猶太人、黑人、移民和任何「保護類」族群的痛腳，簡單說也就是我們每天在工作中會遇到的語言。當我們說「猶太人接管了我們的咖啡館」時，我們是否正讓這個語言聽起來變得可笑呢，因為你看看現在他們供應的雞塊怎麼都這麼小？

真希望我能回答「沒錯，就是這樣」，但事實並非完全如此。好吧，我們把這種東西當成幽默本身就是一個笑話，也就是說，我們也能夠體會自己說的話正是我們整天都在忙著刪除的東西，實在有夠諷刺。但我們開的玩笑比較像是一種令人興奮、挑逗禁忌的態度，而不是一種道德批判，也許頂多只是想證明自己很屌、充滿活力而已，證明給自己看、也證明給彼此看：不，我們不會讓自己被我們的工作或其他東西給傷害。

雖然如果你聽到我們這樣說話，你可能也會相信相反的觀點，也許我現在過度詮釋了，這也有可能，其他人也有可能其實一直都覺得「慢吞吞的同志」這種笑話很歡樂。無論如何，我認為我們當中沒有人覺得這些話冒犯到自己，只有索哈姆有時會說「嘿，夥計，夠了哦」之類的話，一邊揚起眉毛，這個表情代表他覺得厭煩或無所謂。

那個聖誕夜，我們最喜歡的女調酒師溫柔地介入我們的談話。「這輪我們請，」蜜雪兒說，把一個裝滿烈酒杯的托盤放在吧檯上，「現在地球和平了吧？」

「沒錯，夥計，該死的地球現在和平了。」我們一邊說，手指一邊以不自然的方式彎曲，拾起迷你玻璃杯，螢光色的飲料濺出杯壁，使得我們整個晚上手都黏糊糊的。

❖

第一個使用「朋友」一詞的是我們的奇歐小寶貝。這件事發生在一月下旬的某起事件之後。天空已經連續多日灰暗無光，我們在假期結束以後都很變得很消沉、鬱鬱寡歡，當時很多審查員都在休假，我們這些還在上班的人必須雙倍、甚至三倍加班。「快看！」突然有人喊道，我覺得是路易斯，「那裡竟然站了一個傢伙！」

我們向外望去，的確，對面街上的建築物屋頂上站了一個男人，而且距離我們不算非常遠，如果我伸出拇指和食指，他應該正好能塞進我的兩指之間。那人朝建築物的邊緣往前跨了一步，我們全都站了起來，就連傑米和另外兩個「主專」也都站了起來。我們一共大約八十個人統統擠到窗戶前，沒人管螢幕上的計時器正滴答作響。這個男人現在後退了一步，該不會要準備助跑？從我們站的地方可以清楚地看到他最終會掉到哪裡，停車場上只有幾輛車，他摔下樓的話應該會把那輛敞篷車給砸破，我腦海中突然湧現這個念頭。

如果這種事情出現在影片中，你通常看不到地面，這種情況下影片通常可以保留，但現在我們眼前的可不是特技表演、開玩笑或行動劇，無論如何我們都會看到血，甚至可能是內臟，所以這種事千萬不能發生——我記得當時自己是這麼想的，也許其他人也這麼認為，但沒有人說什麼，直到路易斯喊道：「老天，白痴，快跳啊！」一些同事緊張地笑了起來，路易斯卻緊繃著臉。他喊「白痴」的時候破音了，他很清楚我們都聽到了。「我們得想點辦法。」有人說，雖然立刻引發一陣贊同的低語，但沒人採取任何行動。

對啊，我們到底該怎麼辦？我們的手機都不在身邊，我們的部門甚至沒有市內電話，因為平台顯然十分害怕我們直接找出那些違規使用者的個人資料、打電話給他們（但天曉得該打給誰？）。我看著傑米，他也沒有作勢要從置物櫃裡拿出手機，我們都站在那裡盯著那個屋頂，好像我們光用眼睛就能在那人墜落時接住他似的。

我又一次低頭看，這才看見她。在我們樓下四層樓，就在下面，有個人影穿越我們的私人停車場，朝對面走去。「那個人是誰呀？」我輕聲說，但就在說出這句話的同時我已經知道那是誰了，雖然我簡直不敢相信；整個過程就像自己看了一段影片，畫面上突然出現一個熟人，一個剛才還站在我身旁的人，就像那部在講從電視裡走出來一個女孩的恐怖電影一樣，只是情況顛倒過來罷了。

「嘿，那是希荷麗！」奇歐說，語氣聽起來很振奮，彷彿看到自己下注的那匹賽馬突然加速衝刺。我們的視線全都盯著她看，她深色的身影像顆黑色的球朝對面的大樓滾去，直到被兩扇巨大的自動玻璃門吞噬。我感覺脖子發燙。希荷麗來得及嗎？而我又是為什麼沒有下樓呢？

這時我們的視線又回到屋頂。「哇！」我周圍傳來聲音，因為第二個人出現了。兩人此時同時彎下腰，彷彿對著某個至高的主宰下跪，等著祂從一月灰濛濛的天空中賜福給自己，但他們並沒有抬起頭來，而是低下頭開始固定某個東西，手臂做出大幅度、幾乎可說是戲劇性的動作。

「我的老天，」路易斯說，「他們只是建築工人！」他的聲音依舊帶有一絲震顫。

「真是的，」其他人開口說，「他媽的建築工人。」大家聽起來都很生氣，好像屋頂上的那個人自己打電話求救，欺騙了我們的真感情。我們用跟剛才站起來一樣快的速度回到辦公桌前，發現寶貴的九分鐘已經過去了。

當希荷麗回來的時候，我們全都回去工作了。她一定猜到我們早就知道發生什麼事情，但她進來時還是先站在門口。「好了，各位，」她字正腔圓地大聲說，「沒事了，他們只是在修理屋頂。」

我和其他幾個人點了點頭：「好的，知道了，希荷麗，謝謝妳啦。」

但是路易斯又開始大吼大叫了，那是一定的：「好的，婊子，我們早就已經知道啦！」

他並不是故意這麼惡毒——「婊子」對我們來說比較像是個暱稱而不

是髒話——但此時奇歐站了起來，他堅定地走到路易斯的辦公桌前，眾人紛紛轉過來看。「正常點，夥計，」奇歐說，「**你不該對朋友這樣說話。**」在路易斯還沒來得及回答之前，奇歐轉向了還站在門口的希荷麗，他用雙臂摟住她，她欣然接受一個莊嚴的擁抱。十五分鐘內我第二度咒罵自己沒有採取行動：那天早上見義勇為的機會比比皆是，而我卻只是坐在那裡眼睜睜看著機會溜走。

到了休息時間，氣氛與之前截然不同，不過這種不同卻是非常愉快的，我們表現得很嗨，大喊大叫，有時甚至還咯咯亂笑。雖然我們被屋頂上的男人嚇了一大跳，但最後證實只是虛驚一場，我們現在的感覺好像鬆了一口氣、又摻了甜蜜的自憐，因為到底是什麼原因讓我們相信那個男人會跳下去？

「我們看過的這類影片可能有上百萬部吧。」羅伯特坐在我們的矮牆上，紅著眼睛嘟囔著。我們紛紛點頭，好像都覺得自己既高尚又可憐。

羅伯特遞來他的香菸，讓我們都哈一口。現在我才知道他毫無節制地在菸草裡頭摻了過量大麻，通常我會拒絕羅伯特捲的各種玩意，但這一次我也來上一口，這次我們都來上一口，體驗升天的感受，羅伯特、希荷麗、索哈姆、奇歐，連路易斯也不例外。而我相信，在我們飄飄欲仙時，奇歐那天下午的話會浮現在我們腦海中：你不該對朋友這樣說話。朋友，沒錯，我們是朋友——據我所知，這件事情從來沒有講得那麼明白過，感覺就像某種東西蓋上官印、獲得認可了，像經過一場如火如荼的酣戰後激發出愛的硝煙，等等之類的。

我看著希荷麗。她正準備要抽第三口。我凝視著她紮緊的馬尾辮，她纖細修長的手指又把香菸遞給路易斯，然後打開一罐護唇膏。這個女人到底是誰，我對她了解多少？

我看得有點太久了。希荷麗發現我在瞟她，帶有責備意味地笑了笑。

那天晚上，我們第一次接吻。下班後，羅伯特又讓我們吸了一圈，在公車站我們都啜了一口索哈姆別緻的象牙製口袋酒壺，所以當我們在七點左右進入運動酒吧時，我們仍然很嗨，嚴格來說，我們是全體嘶吼鬼叫，好像一起贏得了奧運獎牌什麼的。

酒吧裡有人在跳舞。這種事情在運動酒吧很少發生，但蜜雪兒一定已經感受到了客人的情緒，並將播放歌單的音量開到最大。同梯的一個女孩正在親吻一個體型壯碩的男孩，我花了一段時間才認出他，是約翰，他上班時總是穿著藍色格子襯衫。但現在他的臀部搖晃著，上面罩著一件溼透的T恤，雖然室內和戶外都不怎麼熱，布料已經被汗水浸透了。

我不想跳舞，於是過去坐在最後一張空的酒吧高腳凳上。希荷麗走過來站在我旁邊，音樂實在太大聲，我們聽不到對方在說什麼，也很難推辭一輪又一輪的烈酒，老實說，這還連帶使我對我們初吻的印象模糊。後來儘管我有一段時間沒和希荷麗見面，我還是會在自慰時回味那個吻，同時我幻想那一吻的記憶比我對那天晚上的記憶更清楚。

在幻想中，希荷麗一直注視著我。她從托盤上拿起一杯新的啤酒，然後竭盡全力愛撫我，誇張地在我身上游移。在幻想中，我把手放在她的大腿上，她搖搖頭，霎時臉紅了，我接著去洗手間，她尾隨著我。她把我的肩膀拉住、將我的身子轉向她，我把她抵在牆上；通往洗手間的走廊已經夠窄了，現在被我們兩個堵住，當幻想來到我倆嘴唇相接的那一刻時，我通常會高潮，沒有的話我就會切換到另一段記憶，也就是幾個星期以後的畫面：我們來到我的床上，希荷麗坐在我身上，「深一點，再深一點」，她邊叫邊做了一個既醜陋又淫蕩的鬼臉，想到那個表情，那張因為愉悅而扭曲、為某人著迷而悲傷的臉，總會讓我馬上到頂。

但如果你問我，我們的初吻究竟是什麼樣子，我猜跟襯衫溼透的約翰吻我們同梯的女孩沒有什麼太大的不同。兩個人心裡都知道大家可能都在窺視自己，卻依舊任由彼此擺布、一路從山頂上一起翻滾下來，酒精就是他們的重力。

「妳們就是一直喇舌，」第二天早上奇歐說，「妳們一直喇喇喇，不停地喇！」他聽起來非常興奮，好像我們是他離異的父母，昨晚重新找回對彼此的愛意。我想我們全部的人都開懷大笑，而且還有最後一點、但也是很重要的一點，那就是奇歐的熱情與我們的爛醉形成強烈的對比。

❖

從什麼時候開始，我對希荷麗的興趣變成了迷戀？我發現很難明確找出一個關鍵時刻，換句話說我們都不怎麼在乎那個初吻。然而，在那之後，我開始渴望更多。某個星期如果有人提議去運動酒吧，希荷麗總是會在答應以前先問我會不會去，每次都讓我心頭一陣酥軟。

我們接吻的次數越來越頻繁，在沒有喇舌的晚上，我會躺在床上想著自己的進度有時候是不是不夠快，但隔天早上我往往又很對不起自己，因為我突然想通了、發現自己其實盡力了，甚至可說是付出太多心思。我開始酗酒。有時在上班休息時間就開始喝，最晚在公車站等車的時候就會開喝。不過話說回來，唉，我們全部的人都開始酗酒了。一天下午，希荷麗一口氣把索哈姆腰間的酒壺給喝乾，路易斯見狀拍手鼓掌，索哈姆則裝出憤慨的表情瞪了她一眼。

第一次接吻的一兩個星期後，某天早上希荷麗突然告訴我，當晚她不會和我一起去運動酒吧。我嚇了一跳，感覺被欺騙、甚至像是被嘲弄了，她為什麼要在早上九點告訴我這件事，為什麼她的語氣聽起來這麼抱歉？難道我的弱點被看穿了嗎？為了證明我不在乎她有沒有來，那天下午我只和羅伯特及路易斯一道去了運動酒吧。我們幾乎沒什麼話好說的，當晚我幾乎沒有喝酒，早早回到家後還有空先自慰再睡覺，隔天早上不帶宿醉上班——這是最近這段時間第一次，算是好事一樁。

「今晚我又會去哦。」那天下午，當我們走到停車場的老地方時，希荷麗輕聲說。雖然想像她會跟去是一幅美好的畫面，但她這麼說還是讓我感覺有一點點被冒犯。

「隨便妳。」我讓自己的口氣聽起來很無力，然後希荷麗做出以前從沒做過的事情。在那裡，在我們的矮牆上，她第一次握住了我的手，幾乎像是毫不經意的，表現得就像其他人從口袋裡掏出手機一樣自然。她甚至沒有看我一眼，而是一直和索哈姆講話——應該吧。有那麼一瞬間我真想掙脫她的手，但我不僅沒這麼做，反而還開始捏她。這個動作極其自然、甚至幾乎可說是自發的，我用盡全力將她的手指全部捏住，她根本無法鬆開。

是那個時候嗎？真正墜入愛河的那一刻？史提蒂克先生，可能不是那個時候。也許，與其說迷戀是一張集滿某些感覺和行為模式的集點卡，不如說是慾望加恐懼的單純總和。渴望是突如其來的，其實從第一次接吻時就出現了，但恐懼反而不斷增加中：害怕她今晚不去運動酒吧，害怕我們這次不接吻，害怕她會變心——我迷戀的程度差不多就是這樣。

第一次做愛沒有什麼特別值得回憶的。第一次一起醒來倒是值得回憶，畢竟當時是該死的早上六點十五分，我已經排了早班。當我走進最近的加油站去買咖啡和巧克力鬆餅時，天色還是黑的。其他兩個顧客看到的，是一個穿著慢跑褲和黑色帽T，陰沉、垂著肩膀的人影閃進來，形跡甚至有點可疑，可是夥計，我的床上可躺著一個漂亮的女人吶。結帳時，我告訴收銀台後方的小夥子說不用找零了，那零錢夠買一包香菸。我感覺飄飄然。

4

沒有什麼好不滿的事情，真的沒有；

我有一份工作，我有朋友，我有漂亮的女人，

這些都比我以前期望的還多。

「告訴我妳們的關係。」安娜醫生在我們的第二次療程時說。

我們在一個與客廳非常相像的房間裡，我真想知道安娜醫生晚上是不是獨自一人坐在這裡看報紙。牆上有藝術品，桌子上沒有紙巾盒，安娜醫生說我想要的話可以脫掉鞋子，不過我還是穿著。

「我該說什麼？」我問。

「想到什麼就說什麼。」安娜醫生一邊說，一邊用茶杯暖暖手。

「我不知道您想聽什麼。」我說。安娜醫生保持友善的微笑，告訴我什麼回答都可以，沒有所謂的對或錯。

我看起來一定很像不會配合治療的鄉巴佬。本來情況不一定是這樣的，這是梅蕾迪特阿姨的安排，我感覺自己對她（和她的錢包）有所虧欠，才給安娜醫生一個機會。我也知道，合作的話事情通常會進展得比較順利，您知道，我喜歡安娜醫生，我喜歡她給我泡茶。但我不得不小心應對。那時我離開黑克沙公司已經兩個月了，一直沒再見到希荷麗。眼前的女人想要我說什麼，她覺得她能夠發現什麼？

「那段時間妳們一起做了哪些事？」安娜醫生問。我看著她身後的那幅畫，一個黑漆漆的人形，比較像影子而不是人，伸出棍子般細長的手去拿東西。也許就是那件奇怪的藝術品，又或者是安娜醫生那善解人意的沉默，總之我突然間感覺到某種黏稠的黑色物質滲入我的體內。

「我們一起做了原本自己一個人做的事情，」我最後說，「工作、睡覺，然後去運動酒吧。」

史提蒂克先生，這是真的。

不過這還不是全部。

希荷麗比我大五歲。她住在一間我們從未去過、裝飾高雅的小公寓裡。她不想生孩子，也沒有債務，她曾和一個男人在一起七年，之後還與他保持密切聯繫，其中一個因素是他們共同擁有一頭德國牧羊犬；至於狗和她的前男友住在一起的原因，是這位名叫培特的男人擁有比較大的房子。每兩週的星期天，希荷麗和前男友培特、以及狗狗米奇會繞著一座大湖散步（當我在照片中看到她和那頭大狗時，我融化了）。

希荷麗常說自己對任何事情都不後悔。好吧，除了一件事：她從沒讀過某個專業科系。十七歲的時候，她就再也不想念書了，當她說念書不適合她時，她的父母同意了。她後來對這件事耿耿於懷，認為他們可能是迫於經濟情況不佳才這麼說，而且她重提此事的次數之多，讓我開始懷疑她自己可能也不太相信這是真正的原因。

多年來，希荷麗一直在餐飲業工作，她開玩笑說自己一開始是舞者，後來被降級為調酒師，但她的膝蓋開始不舒服，而且厭倦了夜班。當她來到黑克沙公司展開新的工作時，她還希望這裡能供她日後重拾學業。

我們越來越少去運動酒吧。在家也可以喝醉，而且比較便宜。此外，在我們第一次一同過夜之後的幾個星期內，我內心其實非常不願意其他男生來跟我搶希荷麗，我真的很想了解她、了解與她有關的一切，不想再浪費我們寶貴的空閒時間聊討厭的足球賽進球、比較歐洲啤酒杯與美國啤酒杯的大小。好吧，我可能滿喜歡在九點以前就上床的，這樣我就不會累到沒辦法好好用手指愛撫她。

希荷麗和耶娜很不一樣。「今天晚上我煮飯。」幾天後她說。我一瞬間以為自己真幸運，釣到了一位廚房小公主，但結果證明我高興得太早了。那天晚上的義大利麵煮得很糟，番茄醬太稀了。當我吃完盤子裡的東西時，希荷麗大笑起來。「對不起，這太失敗了。我沒想到妳會把它吃完！」我也跟著笑了，一半是訝異、一半是鬆了一口氣，但也摻雜了一點愧疚，因為我其實是假裝覺得好吃，要不然我怕希荷麗會生氣（耶娜是一定會生氣的）。幸好，她對我的反應有不同的理解：「妳不想傷我的心，真貼心。」她會把這句話掛在嘴邊講一整晚。

希荷麗似乎很有自信，就這點而言她也和耶娜不同。她很清楚自己在做什麼、自己想要什麼，所以沒有什麼「先觀察看看」或「試探一下」之類的事情，她選擇了我，一窩狗崽子當中最棒的小狗，她似乎毫不懷疑這就是讓我喜歡上她的地方。而事實的確如此，因為我覺得這種果斷非常吸引人，只會讓我更敬佩她。

不過在那些甜蜜的日子裡我還是有些警惕，特別是當希荷麗每週為我們兩個買菜兩三次的時候。她知道我身背債務，堅持要替我出所有的錢；她連我送番茄都不會接受。儘管如此，頭幾回希荷麗買菜回來、將白色塑膠袋放在我的流理台上時，我發現自己很難相信之後完全不會有收據出現在眼前，所以我還特地挪出一點錢以防萬一。但希荷麗從不會要求任何東西，事實上，在一起一個半月後，我的二十七歲生日就快到了，她還問我想要什麼禮物。

「不用麻煩了！」我說，因為我知道她的薪水多少，我也知道她存錢的目的。我要她發誓以後不要再給我買任何東西，她也信守諾言，儘管她還是會想出一個很棒的禮物，然後我就會打消心中最後一點點的懷疑。

那天早上我們都不用工作。她做了早餐，準備了吐司、雞蛋、柳橙汁和所有的配料。我的杯子旁靠著一個信封。「那封信是我的獸醫寄來的電子郵件。」希荷麗說。

「怎麼回事？」

「讀讀看吧！」

真的太感人了，天啊，我是哭著讀完那封電子郵件的，因為那封信是關於一件以前的事情，一件我只告訴過希荷麗的事情。

那是關於我的倉鼠阿奇寶的故事。

我七歲的時候得到了這隻小動物。以一隻倉鼠來說，阿奇寶算是很大，牠有著大大的眼睛和閃亮的金色絨毛，既可愛又漂亮，你看到照片時會懷疑牠到底是不是真的動物。每當我放學回家時，這隻小動物都會用牠的前爪拉住籠子欄杆，以一種高超的特技動作朝籠子頂端擺盪身體。牠像樹懶一樣倒掛在那裡，這是牠慣常問候我的方式。為了感謝牠，我會塞一塊餅乾進去，牠一回到安全的木屑堆裡就把餅乾往嘴裡塞，塞得臉頰鼓鼓的。

每天晚上我都會坐在牠的籠子旁邊，我會告訴牠當天班上哪些同學想和我說話、哪些不想和我說話，一兩年後，我還會誠實地告訴牠我母親的情況，以及我父親轉述的醫生說法。阿奇寶總是聽著，我用食指在牠耳後撓癢，牠就把眼睛閉上。

直到現在，每當我想到阿奇寶一次又一次表演倒立要付出多少努力時，依舊有一股衝動想把這個小生物摟在懷裡：「哦，阿奇寶貝！」我嘆了口氣，那是我第一次把牠的事情告訴希荷麗。當時她剛給我看了牧羊犬米奇的照片，我覺得，在我們的關係所處的階段，對話有時感覺有點像採訪，我們喜歡無止境的對談，這些談話透露了兩人從彼此感受到的愛不一樣，掌握到關於彼此的資訊量也不太一致。我想，我們那時應該是用提問的方式來嘗試彌補這些差異，接著我把自己還記得關於阿奇寶的所有事情統統告訴希荷麗，甚至講到我們在一起的時光是如何結束的。

一天下午，父親比平常更早來接我放學。我的母親要接受手術，父親警告說這將會是一個漫長的夜晚。到了晚上十一點半，我們還在候診室裡，父親問需不需要開車載我回家，我想到了阿奇寶，牠獨自在木屑裡亂跑了幾個小時。但是父親看起來很累，我想我可以從他的表情看出他並不怎麼想開車來回奔波，而且他是一定會在醫院睡覺的；老實說，那天晚上我也不想要一個人過。

直到第二天下午我們回到家時，阿奇寶已經將近四十八小時沒吃沒喝了。所以當我一進房間，發現牠又開始像平常一樣擺盪，真的又驚又喜。牠就這樣掛在那裡，我強壯的小阿奇寶，驕傲地倒掛著。當我把一塊餅乾放到牠的鼻子前時，牠幾乎沒有反應。我小心翼翼地撫摸著牠小小的腦袋，在我的記憶中，牠緩緩而凝重地閉上了眼睛，接著牠小小的身體突然開始顫抖，就像一個剛剛衝過終點線的跑者，我迅速把阿奇寶從籠子裡抱出來，放在我的大腿上。阿奇寶的身體本來就很輕，就像一顆李子躺在我的膝蓋上；但是這次李子沒有像以前一樣上下翻滾，這次我的李子動也不動，眼睛再也沒有睜開。

我一直都認為這是我造成的。所以當我告訴她我在快十一歲時犯下的罪過，我感覺好像讓希荷麗進入了我靈魂的地下室。但希荷麗看起來沒被嚇到，也沒表現出驚訝的樣子，而是若有所思，好像我給了她一筆我自己也搞不清楚的金額。她的反應是，「嗯，倉鼠總可以忍一段時間不吃東西吧？妳剛才說阿奇寶幾歲了？」她還說了應該不是我造成的之類的話，我覺得她這麼說很貼心，但我不相信她，怎麼可能相信咧。而現在，就在我生日當天，我突然在一杯冒著熱氣的咖啡旁發現了那封信。

「如果籠子裡沒有充足的陽光或空氣流通，」我讀著，「這隻動物確實有可能、甚至很可能是老死的。倉鼠通常可以兩天不吃東西，牠們常常囤積食物。」信件末尾有獸醫的簽名，是曾經幫希荷麗的牧羊犬閹割過的獸醫。

我不曾從其他人那裡收到比這更好的禮物，但我沒有說出來。我怕這種話聽起來不可信，還怕我講出口時結結巴巴，這樣只會讓希荷麗生氣而已。我讓她把我摟進懷裡，然後一整天都在思考這封信，這使我在工作中看到一個穿紅色工作服的男人，被遠處一個看不見的槍手從背後射中的影片時，微微露出一笑。

❖

「那妳和她在一起的時候到底有什麼感覺？」我想這是安娜醫生在我們談到希荷麗的那個下午所提出的下一個問題。

「我有什麼感覺？」我問。

「是啊，妳和她在一起的時候有什麼感覺？」

「我感覺很好。我感覺非常棒。」

「這感覺是怎麼來的？」

一定是因為愚蠢的老套回答才讓她這麼問的。如果我又搬出那些老生常談，不僅貶低了希荷麗，還作賤了我的口才，而且就算我們的談話很僵硬，也不能讓安娜醫生覺得我頭腦簡單。所以我把希荷麗所送的生日禮物告訴安娜醫生，她寫下一些東西，然後對著自己的熱茶吹了一口氣，點點頭，彷彿她也身歷其境，而我用自己的經驗翻新了她的記憶。「一切聽起來都很美好。」她說。

我點了點頭，喝了一口自己的茶，頓時有些得意。有種奇怪的自豪感油然而生，好像我們正在頒發證書，安娜醫生說我過關了。我暫時鬆了口氣，但當我那天下午走到地鐵站時，那種感覺就消失了。把希荷麗的事情告訴安娜醫生是愚蠢的。我開始越走越快，沒有回頭，還把手機關掉。彷彿安娜醫生隨時都可以打電話來告訴我說她對我很失望，說我其實沒有過關，因為她知道我偽造了成績。

當希荷麗開始看一本關於營養和大腦的書時，我想我們已經在一起七個星期了。她說，我們得吃更多青菜，還要攝取更多脂肪酸和蛋白質：「這樣我們自然就會感覺更好。」那天晚上我沒有問她「這樣我們自然就會感覺更好」是什麼意思，反而半開玩笑地說：「對啊親愛的，不過我們每天至少喝四罐啤酒，那樣也不好吧？」

「可是我們需要啤酒。」希荷麗堅定地說，然後我就閉嘴了。

沒多久就有一個大箱子送到家裡來了。希荷麗訂購了十一袋枸杞，還有一些乾果和種子。「巴西莓和奇亞籽，」她說，「對我們的大腦很好。」

我皺著眉頭，看著她把不同口味的茶包塞進一個盒子裡，為她新買的東西在我小小的廚房櫃子裡騰出空間。

「那些漿果多少錢？」我聽到自己說，「我覺得妳還不如買藍莓。」

但希荷麗堅定地搖搖頭：「這些有特殊療效，超級健康。」

「擺在市場上是超級好看啦。」我說。希荷麗聳了聳肩，有些慎重地關上了櫃子，彷彿應該讓裡面的漿果好好休息，才能讓它們長出特殊能力。

那天晚上，希荷麗比平時安靜了許多。當我問她有什麼心事，她說她胃痛，我給她做了一個取暖壺。

整個春天，枸杞越來越常成為希荷麗和我之間的敏感話題。希荷麗下載了一個冥想應用程式，還建議我跟著做，「也許對妳有幫助。」她說。我笑著說我不相信對著手機可以冥想。「好吧。」她說完，刻意在我面前展示自己刪除了那個應用程式，但幾天後我又在她的手機螢幕上瞄到冥想應用程式的標誌，我突然明白了那天下午客廳中央為什麼會擺了個枕頭。

又過了沒多久，她第一次真正對我大發雷霆。我們站在辦公室大樓前面的停車場，羅伯特最近過得並不好。就在那次電擊槍事件之前，羅伯特就不再遞上香菸給大家哈，有幾天我們看著他獨自抽完他那鬼見愁的玩意。

「我不知道我還能這樣下去多久。」羅伯特說，我們點點頭。

我們知道他在說什麼，就在前一週我們得知了非常糟糕的消息：色情和垃圾訊息現在將直接轉寄給印度新成立的審查員團隊。我們現在主要處理的主題變成了暴力、虐待和更多「文化敏感議題」——也就是遊走在威脅、諷刺和種族歧視之間灰色地帶的貼文，諸如此類。

問題是，色情和垃圾貼文總是可以馬上點掉，這讓我們每天都有機會至少處理五百張「票」。但是現在我們要負責的只剩下更難處理的「票」，我們的動力也就跟著評分一起下探。

「我的評分又降回八十以下了。」羅伯特說著，而希荷麗，我親愛的希荷麗，試著讓他冷靜下來。「明天我會帶些纈草給你，」她保證道，「你可以把它加進茶裡。」

我還是不太明白為什麼我沒像奇歐和路易斯那樣點點頭，拍拍羅伯特的背，沒有，我就是沒有這麼做。我反而眨眨眼說：「不用勉強接受那些東西哦。」希荷麗的表情突然變得很憤怒，一直到休息時間結束我都不敢看她。

「妳為什麼不說話了？」我在公車上問她。

「因為妳不管怎樣都想要貶低我。」希荷麗的話音嘶嘶作響。

❖

有那麼幾次，希荷麗讓自己陷入一種懲罰性的沉默中——我告訴自己那只是睡眠不足造成的。她只是有點累，我們都有點累；沒錯，那幾個星期我不斷這麼提醒自己，現在這個想法也不是那麼牽強了。

希荷麗常常睡得很糟，我很快就注意到了。從我們在一起的第一個晚上開始，她就希望我能在床上抱著她。但她的身材也和耶娜不一樣，她比較高也比較纖細，不知怎麼的，我的懷抱不太能容納她；一直抱著她的話，我的右臂最後就會開始發麻，為了讓血液重新循環，我不得不偶爾翻過身子。我一放開希荷麗，她就會開始輾轉反側，拍著枕頭扭來扭去。她說自己就是不能安穩躺著，我們訂購了豆枕，可是沒什麼作用。

有時我以為她睡著了，但突如其來的一聲嘆息透露了她依舊醒著。或者當我早上五點想要起床尿尿，特地把身體拖到床腳那端，這樣我起床時就不會吵醒她，但她會冒出一句「嘿，哈囉」——語氣就像是我們在超市裡突然碰見彼此，然後雙雙發出過頭的大笑聲。

至於她，她非常努力讓我一覺到天明。但有時她會在睡夢中突然冒出難以理解的話，而且不斷重複說著，我會搖搖她的手臂，把她看到的東西驅趕出去。在這樣的夜晚，我們會在黑暗中坐起，我會緊緊摟著她，直到她完全安靜下來。

我從來沒有問過她夢到什麼，雖然我能猜想一些事情，但那些事情我自己也寧願不要去想，至少不要在晚上去想，畢竟這時燈都關著，而我們在黑克沙的辦公桌遠在六公里外。

當然，有一天她會告訴我的。

❖

我們在運動酒吧裡，希荷麗要了一杯長島冰茶。蜜雪兒顯然之前並不常調這種酒，那天晚上她調的酒非常烈，連男孩們都只喝兩輪就拒絕再喝。但希荷麗與我意見相左。經過一番討價還價，我才說服她把第三杯雞尾酒分給我至少一半。

我們一回到家，她就跌跌撞撞地走向浴室。我把她的頭髮從她臉上撥開，當她好了以後，我吻了她的額頭。我們就這樣在地板上坐了一會兒。「妳還好嗎？」我問。希荷麗咕噥了幾句，但沒有抬頭，只是把頭靠在我的前臂上。我們這樣坐得越久，她的沉默就越顯沉重；這不是冰冷的沉默，而是一種帶有要求的沉默，一種想要從我這裡得到什麼的沉默。是的，很明顯，希荷麗想要聽到一個不同的問法，而不是「妳還好嗎？」懦弱如我沒有提出這個問題，她就自顧自地回答了。

「今天下午我感覺不舒服。」她說，然後我們就開始了。

「為什麼不舒服？」我用剛好能聽到的聲音嘀咕了一句，望向前方，盯著不是很潔白的馬桶上的噴濺物。

「我不知道。」她說。

但我覺得她知道，她希望我幫助她克服難以啟齒的門檻，雖然我比較想要和她一起坐在暖氣旁，但這不是希荷麗現在需要的。

「妳今天……」我開口了，但我幾乎說不出話來，「妳今天看到什麼了嗎？」

希荷麗點點頭。

「是不是……非常糟糕的東西？」

希荷麗想要聳聳肩，卻差點滑出我的懷裡。「還好。」她說。

我們仍然坐在地板上，我坐直，她半躺著。她一定看到了馬桶後面的一疊衛生紙捲，我想這讓她比較能夠繼續開口說下去。她告訴我，那天下午她看了一個男孩的影片。一個孩子，可能頂多十二歲，在他房間牆上貼滿冰雪公主的海報。

「妳根本看不到一點白色的牆壁。」希荷麗說。她似乎在微笑，那一瞬間我還希望她會告訴我其實一切都還好。男孩用手機指向腳邊，希荷麗繼續說。他在他的大拇趾和第二隻腳趾之間插了一把美工刀，把刀尖戳進它們之間的皮膚，好像他要動手術切分他的腳趾。這孩子手腳笨拙，一手拿著手機，另一隻手施力；希荷麗一看到血就關掉了影片。

「為什麼？」我問，因為她應該把畫面看完，誰知道呢，搞不好之後出現了生殖器，又或是第三方施虐的情節。

「我做不到，」希荷麗抽搭地說，「那段影片讓我想起了一件事。」

「親愛的，到底是哪件事？」

我很不情願地說。問這個問題，就像閉著眼睛跑進滿地狗屎的田裡，因為她究竟要說什麼？我的腦海閃過許多選項，我以為自己已經忘記了腳踝、手腕和馬尾辮的影像，我感覺我的脖子發燙，那一剎那我以為自己就要嘔吐了。為什麼我親愛的人要這樣做？一直以來，我們都盡可能不要在家裡談這些亂七八糟的東西，現在希荷麗卻突然想談這些了，感覺她不僅弄髒了馬桶、還弄髒了房間的其他地方。

沒錯，我想我那時候認為她的話語會在瓷磚牆上留下深色汙漬，把下水道裡的汙垢從淋浴間的排水孔灌入浴室；我幾個星期以來一直擔心的事情、即將到來的厄運一直隱藏在巴西莓和冥想應用程式之中，但正是因為開啟了冷漠模式，我才一直沒被厄運找上。親愛的，快停下來，我心想，現在我們一起坐在冰冷的浴室地板上。拜託妳停下來。

但希荷麗繼續說：「這讓我想起了另一個孩子。」我捏緊了手。

「是一個女孩，」希荷麗說，「幾個月前我曾見過她，大概是聖誕節前後。」

這個聖誕女孩比她今天下午看到的那個小男孩要大一些。女孩沒有使用美工刀，而是用了除毛刀的刀片，在影片開始時，她將刀片平放在眼球下方的皮膚上，然後開始施力。

希荷麗逐步講解這個女孩是怎麼破壞自己的身體，每一步我都尋思我們的規範是怎麼說的。如果影片是直播，我們就不能干預，只要使用者理論上還可以得到粉絲的協助，你就得讓使用者繼續做自己想做的事。如果影片是預錄的，而且畫面中的人看起來「明顯未成年」，那麼你在刪除之前得先將畫面傳送到位於國外的兒童保護部門——刪除是一定要的，否則會產生其他人模仿影片行為的風險。影片如果具有新聞價值那就另當別論，必須加以保留。如果貼出影片的人正在傷害自己，那麼就要點選「自殘」類別，使用者會收到一份協助手冊，他或她可以撥打自己居住國家的求助電話號碼。如果使用者威脅要自殺，那就只有在他或她提到具體的時間和地點，並聲稱自殘行為將在五天內發生時，才需要進行干預。

是否威脅要自殺，是不是直播，有沒有新聞價值，明顯未成年嗎？這些問題匯聚在一起成了大合唱，一時掩蓋了希荷麗的故事，我花了一點時間才弄清楚她接下來說的是什麼。

「妳剛才說妳找過她？」

「是的。」

「那個女孩？」

「是的。不過只是在網路上搜尋。」

史提蒂克先生，您當然已經知道，我們的工作場所是禁止使用書寫工具的。我們不可以記錄下任何東西，連隨身攜帶紙張都不行，有一次約翰甚至得交出他的薄荷糖果條，因為萬一他在包裝紙上寫下什麼東西那就不好了（當然是用他的隱形麥克筆囉）。

但希荷麗記得這個女孩的名字。這滿厲害的，因為她每天都會看到不下數百個使用者的名字，而希荷麗，我聰明、可愛的希荷麗，在聖誕節前後的那天想出了一個助記法。女孩名叫儂娜・摩根・蓮德兒，很像蒙娜麗莎，摩根費里曼，巧克力（「瑞士蓮」這個牌子，您懂了吧？）。

當時是十二月，同一天晚上希荷麗就在家搜尋了儂娜的個人資料。但讓影片消失的人就是她自己——這樣的矛盾讓她瞬間感覺很違和。該死，希荷麗心想，他們已經刪除了影片。當然，是希荷麗自己刪的，現在她沒辦法確定自己看到的個人資料正不正確。至少照片中的青少女看起來像她早上在影片中看到的那個女孩。在「家人」類別下沒有勾選其他使用者。在她的大頭照中，她笑得非常燦爛，她的皮膚經過數位處理、變得十分光滑，還戴著粉紅色的貓耳髮冠，那段時間的少女很迷這種東西，沒錯，但都非常浮誇。

希荷麗盯著個人資料的時間越長，就越發懷疑。為什麼其他人的照片中都沒出現這個「儂娜」？帳號背後的人每隔一天就主動貼出一張這個女孩的肖像照，女孩總是悶悶不樂地盯著鏡頭，有時照片還加上貓的觸鬚。「我的最愛」類別勾選的則是卡通頻道、各種化妝品品牌和韓國男孩偶像團體的粉絲頁面。希荷麗覺得這些個人資料很像以某種誇張的方式模仿青少年的形象，而不是真實的使用者頁面。

其實一切都再清楚不過了，誰都知道一個青少年在這種平台還能幹什麼，青少年早就跑去用自己的跳舞重播應用程式了。希荷麗研判這個個人資料是假的。出現除毛刀的影片可能也是假的；那麼她究竟看到了什麼，那鮮血不是優雅地順著女孩的臉頰流下嗎？如果她能再看一次就好了，那個冬天的晚上，希荷麗第二次咒罵自己依法行事。

「親愛的，這故事太詭異了。」我說。我們還在浴室地板上，希荷麗比剛才又更虛弱了一點。只要看見我們現在這副模樣，誰都會認為她又不舒服了，但希荷麗好像幾乎沒注意到自己的姿態很不舒服。她的沉默表明她還沒有說完。

「然後呢？」我輕聲問，「事情是怎麼結束的？」

「我回去了。」希荷麗說。

「去找那女孩？」

「對，去找她的個人資料。」

那天是一月三日，是希荷麗第一次看到儂娜的影片兩個多星期以後。希荷麗不用上班，但她感覺又累又無聊。很像蒙娜麗莎、摩根費里曼、巧克力：她還沒有忘記。不知何故，她真希望這個帳號可以消失，假帳號總是撐不了太久的。但是這個帳號依舊存在。相同的大頭照、相同的內容，但現在出現了一個很大的不同。儂娜的頁面上塞滿了來自同學、老師、鄰居和田徑隊的留言。他們一概寫著：他們會想念儂娜，因為她真的是個很特別的女孩，雖然獨來獨往，但就像一縷陽光。

希荷麗闔上了筆記型電腦，出去買菜。她雖然很疲憊，但那天晚上她把自己的衣櫃徹底重新整理一番，不過這沒有幫助。那天晚上她無法入睡，不久之後就開始做噩夢。

過了沒多久，她開始向我求歡，那一瞬間我突然覺得，她當時的鍥而不捨帶有新的意義，但我什麼也沒說，只是把希荷麗的頭髮撥到她耳後。我們在地板上沉默地坐了一會兒。

「那個影片不是直播的，對吧？」我終於發問。

「不是。」希荷麗說。

「然後妳把它轉給了兒童保護單位？」

希荷麗點點頭。

「沒有自殺的跡象？」

希荷麗現在搖搖頭。

「好吧，親愛的，妳已經做了自己能做的，不是嗎？」

❖

希荷麗的噩夢在那幾杯長島冰茶之後並沒有結束。她仍然每隔幾個晚上就會從夢中驚醒，每次我都把她摟在懷裡。

「這不是妳的錯。」我一開始說。但希荷麗似乎不想聽，她對我說的每件事都哼著聲回應，這證實了我內心深處已經明白的事：對她說話、不斷重複，統統沒有任何意義。

她吃的綠葉蔬菜越來越多，用苦葉泡茶，冰箱裡還收集了各種寫著「天然」補給品的玻璃罐。「誰說妳讀過的東西比我讀過的更有價值？」當我很小心質疑這些東西的效果時，她這麼回答。她再也沒有問我要不要吃她的補品，不過呢，我也沒有跟她要過。和我在一起的時候，她也越來越早就想睡覺。她的心悸可能是睡眠不足造成的，而有時她甚至會在晚上七點半就上床躺平。我老實告訴您：我們幾乎沒有再做愛了。

我從來沒跟安娜醫生講過這些。當然更不會講接下來發生的事情。就在第三次療程之前，我打電話取消見面，隔一週再來；她就是對我和希荷麗非常好奇。不過，史提蒂克先生，我猜您會了解的。您知道黑克沙公司的情況，您認識我的同事，還知道我們在正常情況下是什麼樣子。所以，請讓我向您繼續說明，究竟是什麼原因讓我在那個夏天堅持下去。

❖

某一天早上，黑克沙公司制定出一套公司規章。牆壁和窗戶突然掛滿了A4紙張，從遠處看好像一排名單，我們都應該要去看看誰通過了校園舞台劇試鏡選拔似的。原來是幾條新的、且極具針對性的辦公室公約：

一、建築物內部和周圍禁止飲酒。

二、建築物內部和周圍不可使用藥物。

三、工作場所不可佩戴頭飾。

而最底下還有一個第四條：建築物內部和周圍不得發生性行為。

我們都知道這些公約是針對哺乳室事件而制定的。幾天前，三樓給新手媽媽休息的房間裡，有三個人被逮到膩在一起。之後房間的門鎖就被拿掉了，再也沒人可以把自己鎖在裡面。不過這項措施引來一些抗議，所以沒多久又被撤銷了，我在走廊上聽到一些女孩抱怨，哺乳室沒有鎖是違法的。

這些新的辦公室公約，真的能解決問題嗎？你可以說我們幼稚，但下午輪班結束後，希荷麗和我偷偷溜下樓梯，來到三樓徹底檢查這個地方。我們不是唯一這麼做的人，哺乳室傳出許多不同人的聲音，我們在走廊上還遇到約翰和一個新來的女孩。於是我們的任務從客觀盤查轉變為尋找空房，我可以告訴您這一點都不容易。最後，那天晚上我在建築物後面的大型垃圾桶之間用手指撫弄希荷麗。

「建築物內部和周圍的性行為」，這對我們來說可是第一次，卻很管用，比我們在家的時候要好得多，希荷麗在家只想喝茶睡覺。說句老實話：這真是一大解脫。之後我們當然還想要多來幾次，幾天後我們找到一個像是儲藏室的小房間，裡頭堆滿箱子和各種物品，我們去了幾次才認出是被拆卸下來的印表機零件。希荷麗靠在房間裡唯一一面沒堆東西的牆上，我好好為她舔拭一番。

儲藏室成了我們固定造訪的地方，沒有人在那裡活逮我們。有幾次我暗自覺得滿可惜的。我開始好奇，如果有人在我們忙著在印表機零件之間幹活時闖進來，究竟會是什麼樣的光景。當我在家自慰、希荷麗已經在床上躺平時，我有時會這樣納悶著。

公司裡有電梯，但不是給我們用的。你得有一張通行證才能搭電梯，而我們五樓可悲的審查員並沒有通行證。對我和希荷麗來說，那張通行證簡直就像聖盃一樣。我們問傑米有沒有通行證，他想知道我們為什麼問，我們像十幾歲的青少女一樣笑了出來。

不久之後，我們想出一條妙計。上班前半小時，我們在大廳裡，只有希荷麗和我。我們假裝看手機上的東西，直到有個男人走向電梯。「等一下，」希荷麗喊道，「我們要到十樓！」我再次為她感到驕傲。對了，那個男人真的就只帶著一個皮製公事包，好像想和五樓的賤民區隔似的，我們看到他遲疑了一下，但他當然無法拒絕兩個儀表整潔的女人，所以我們就這樣進了電梯，三個人一起站在一個一公尺半乘兩公尺的狹小空間裡。

其實那時我就已經很想要把手伸進希荷麗的襯衫下，當著那個男人的面，因為在那一瞬間我透過他的眼睛看見我們自己：兩個女人對彼此上下其手，而其中一個甚至不太性感，哦，真是太驚人了——他的厭惡可能會助長自己的色慾（並且在我們面前呈現一次可恥的勃起），這想法不知何故讓我感到非常興奮。那個男人到了八樓，走出電梯，電梯門一關上，我就把希荷麗壓在電梯按鈕板上，在她雙腿之間撫弄著，不過她不會在到達十樓前就溼成一片。真可惜呀，我對自己說。

看來時間真的太少了。

❖

在那段時期，少數幾個還沒把小酒壺裡的液體改裝進不起眼的寶特瓶的同事，最後也紛紛起而效尤；到了七月，大麻的消耗量更是達到前所未有的多。有一天，連希荷麗都帶了自製的混合飲料罐。這可是新聞，因為之前她都只喝或抽別人給她的東西。但是這些飲料——廉價的琴通寧和過甜的萊姆酒可樂，索哈姆說這些飲料都會侵害我們的味蕾——卻成了一種習慣。我對這些沒表示什麼意見。酒精和奇亞籽，這組合有點滑稽，可是呢，嘿，她的身體由她自己決定，我不想再囉嗦了。

何況，我覺得一切都很順利。我過得不錯，我們過得不錯，嘖，好好看看我們！我還記得，某天下午我這麼想著。

夏天到了，我們一起坐在我們的矮牆上，陽光照耀我們蒼白的臉，我摟著她美麗的腰肢——沒有什麼好不滿的事情，真的沒有；我有一份工作，我有朋友，我有漂亮的女人，這些都比我以前期望的還多，因為您知道嗎，多年前的夏天，我也經常在下課休息時間跑到一個停車場上遊蕩。然後我會獨自一人靠坐在某台車旁，躲開其他女孩的視線，盯著老舊柏油路面上不規則的口香糖點狀圖案，心中默默希望今天五年級的凱蒂不要過來叫我人妖，或是——更糟糕的——默默來到我旁邊坐下，捏我的大腿。

史提蒂克先生，想到這裡我就感到無比幸福。看吧，我們所做的工作完全就是一坨屎，但我們搞得定它，因為我們，希荷麗、男孩們還有我，我們是一個團隊，我們互相扶持。

對，那個夏天我就是這麼相信的。

5

「我感覺不到自己像個人了。」

史提蒂克先生，您對「地平說」熟嗎？我們生活的地方不是一個球體，而是一個圓頂。我們在一個巨大的透明圓頂下，同時在一個漂浮的圓盤上移動。至於太陽、星星和月亮，則是中央情報局用好萊塢片場特效投影給我們看的。這個理論的支持者自稱「地平說者」，人數多達數百萬人。他們透過論壇和聊天群組傳播他們的看法，現在帶有這個名字的影片已經超過五千五百萬部。「多到你一輩子都看不完。」我曾看過一個信徒驕傲地宣稱。

我見過很多「地平說」的素材，您知道嗎？這個平台的使用者經常將此類素材標記為「令人反感」，但宣稱地球是平的（或者宣稱恐怖攻擊是政府策劃的、致命的病毒是國家實驗室製造的）並沒有違反規章。

話雖然這麼說，我們還是得乖乖看完那些影片，因為誰知道會不會有些怪人在影片中試著將新生嬰兒從高處扔下來，藉此顛覆重力原理。這種影片播放時間超過幾分鐘以後，就會讓我感覺緊張，但「地平說者」的迷因梗卻會讓我發笑，例如把美國航太總署高層的照片惡搞成綠野仙蹤裡的巫師或花衣魔笛手，或是研究許多正式發布的地球衛星影像，然後列出詳細的「修圖證據」一覽表——是呀，跟其他充斥各種陰謀論的社群相比，地平說運動其實算是循規蹈矩，而且組織完善，有自己的國際大會、T恤和各種小物。

「你戴的是什麼東西？」有一天下午我問奇歐。

我們四個人在公車站，路易斯搖著頭，咧嘴笑起來。

「一只手錶。」奇歐一邊說，一邊把他的手腕展示給我和希荷麗看。

我並沒有馬上搞懂自己看到了什麼。錶盤是一張地圖，周圍有一個白色的環，我猜這是一部奇幻小說中的地圖，對奇歐來說應該很重要。不過錶盤的玻璃不是平的，而是一種非常小的浮凸鐘罩，或者說，圓頂。

「這代表『地球是平的』。」路易斯毫不掩飾地咳了一聲，奇歐將他的手腕收了回去。「嘿，」他咕噥著，「凱萊，妳幹麼裝出那麼奇怪的表情？」路易斯又露出訕笑。

其他人顯然早已知道奇歐的新信仰。但我錯過了這則動態，我的驚訝是真實的。

「妳不相信這個，對吧？」奇歐用陰沉的聲音說，就像一個被誣陷打翻花瓶的憤怒少年，而真凶其實是貓。

「對不起，」我說，「可是地球是圓的。」

奇歐搖了搖頭，「地球是平的。」他堅持說。

路易斯開玩笑說我不應該再問下去了，但我還是追問：「為什麼地球是平的？」

「沒有證據顯示地球是圓的。」

「我認為有。」

「好，說說看？」

好，可是我沒辦法。上次我碰物理或地理已經是很久以前的事情了，而且老實說，這段時間我很清楚「地平說」的論點，雖然我認為那根本就是無稽之談。

「看吧，」奇歐說，「妳說不出來。而地平說的證據則不斷增加中。」

「那為什麼科學家要騙我們？」我問，但我其實已經知道答案了，奇歐現在看起來很生氣。

「因為他們已經騙了我們這麼久。如果他們現在揭露真相，信譽就全部付諸流水了，而且也會失去支配我們的地位和權力。」

「有人揭發這件事，」有個聲音在我旁邊響起，是希荷麗，她跟著奇歐一起點頭稱是，「有科學家和教授證實地球是平的，但如果他們把這些證據拿到主流媒體上，就會丟掉工作。」希荷麗玩弄著自己的混合飲料罐瓶口，非常平靜地說著。好像她，哦，好像她只是在跟我們分享一些把畫掛上牆壁的小技巧。

「對，不過，嘿，」我嘗試反駁，「那些影片我也看過哦，可是真的不是事實。」

「妳又不知道。」奇歐說。這時我八成帶著一種迫切的眼神望向路易斯，因為他突然舉起雙臂，表現出「朋友，這件事我不干涉」的態度——好像我用槍指著他似的。

「沒有航班……」希荷麗開口。

「不，」我立刻說，「妳錯了。」

「妳還沒完全搞懂……」

「我知道，妳想說南半球大陸之間沒有直飛航班，因為航班的持續時間會暴露世界地圖的真實情況，但這有很多……」

「閉嘴，讓我把話說完！」

對不起，我內心立刻想要道歉。我必須很快道歉，跟希荷麗說句對不起，因為她不喜歡我在我們的朋友面前破壞她的形象，但是奇歐要搭的車已經來了，路易斯拍拍他的背，用一種充滿男子氣概的方式跟他道別。我則是快速跟奇歐互碰一下拳頭，他在上車以前又轉過身來。

「我了解，」他突然用一種父親似的口吻說，而且沒那麼生氣了，「我們可以多聊聊，剛開始我也跟妳一樣。」

奇歐的車一開走，路易斯就巧妙地轉身離開了我和希荷麗。我真感謝他從褲子後方口袋裡掏出手機。

「對不起，」我對希荷麗說，「剛才打斷妳說話，對不起。」

「沒關係。」她有些無力地回答。她拉起我的手，我捏了捏她，但她沒有捏回來。她的手癱軟在我手裡，如果我繼續捏下去，搞不好會弄痛她。

❖

不久之後，希荷麗去度假了。她的前男友在海灘附近租了一套公寓。「對米奇很好，牠可以到處跑。」雖然她聲稱她「玩味」和培特一起去度假的想法有一段時間了，但她宣布決定時，卻把這件事當作一件意料之外的安排。她八月初出發，至少要離開兩週。

「我是絕對不會久待的，」我說，「妳很快就會落後哦。」

「哪些方面？」

「工作呀，那些規範呀，回來以後妳會發現自己根本跟不上。」

希荷麗看著我，好像她不確定我是認真的。「我覺得應該還好。」

她說她需要這次度假。在海邊，她可以釐清頭緒，也許終於能睡個好覺——我難道不了解這是她需要的嗎？哦，好呀，我心想，那晚上抱著妳的又是誰？但我不想刁難，我放手讓她去做，我是真心的哦。我後來好像又再問了幾次為什麼不和我一起去，但她一直說培特只有邀她一起去。

「所以，培特的新女友會去嗎？」

「沒有，他們分手了。我不是跟妳講過嗎？」

希荷麗不在的每一天都會傳照片給我看，大部分是牧羊犬米奇的照片；像是衝浪中的米奇，還有坐在沙灘椅上、戴著遮陽帽的米奇。這些畫面一直讓我微笑，除非畫面中出現一截拇指或培特的褲腿。與此同時，我在工作中感到有些不安。我懷念去儲藏室的行程，而且到了晚上，我的手指、脖子、肩膀和手腕都發出陣陣痠痛。

一天下午，我打電話給梅赫蘭，當天晚上他就坐在我身旁的沙發上。我們幾個月沒見了，上次他來我家時，我騙他說我在一家有線電視公司擔任客戶服務部門的工作。現在我們在玩一個舊的射擊遊戲，我們都很熟悉該怎麼玩。也許我們冀望藉著熟悉的遊戲喚起一些我們原本的活力；我們的談話比以前更加僵硬——但這個遊戲並沒有幫助。

「可以把音量調小一點嗎？」我問。話說出口以後我嚇了一跳，因為我大聲說出了心中的想法。

「為什麼？」梅赫蘭反問。

「我覺得太激烈了。」我說，雖然他可能不會理解，但他還是讓我關掉了聲音。機槍的答答聲，AK47步槍填裝子彈的聲音，但最要命的是角色倒地死亡的哀號，突然讓我胸口一緊，幾乎無法彎腰搆到地板上裝了辣味玉米片的碗。其實我比較喜歡玩賽車遊戲，但我知道梅赫蘭不喜歡。而且我也知道，如果我解釋原因，他會馬上把自己對這類遊戲的厭惡暫時擱在一邊。但我什麼都沒說。反正我都猜得到他會說什麼。

那天晚上道別時，梅赫蘭擁抱我的時間比平常更久。從那以後，我再也不會打電話給他了。

孑然一身時，悶熱的夜晚過得非常緩慢。炎熱根本無法緩解我的疼痛，更糟的是我脖子和右肩上的刺痛加劇了。為了分散注意力，我做了一件已經有段時間沒做的事情：我開始看色情影片。

在我跟希荷麗發展出任何事之前——也只有那時我才會自己一個人在家——我有時會看一些影片，裡面出現所謂的女同性戀色誘所謂的異性戀女性，影片標題像是「女學生色誘室友」之類的。過了這麼一段時間，現在重新造訪我最喜歡的色情網站，演算法立刻根據我原先選定的偏好，把新片端到我眼前：「女按摩師勾引異性戀女客戶」之類的。我點開影片，看到一個女孩躺在按摩床上。一個年紀稍長的金髮女人拿著一疊很小的方巾和按摩油走了進來，嗨，妳好嗎？——然後我的身體突然出現奇怪的反應。我變得焦躁不安，脖子感覺很毛躁，而且很想站起來。不是因為我看到的東西令我反感，而是我突然覺得太無聊了。

我在黑克沙的頭幾個月，就已經看過不下數百部這類影片，裡面的女人跟色情網站一樣，差別只是前者一坐上按摩床，立刻有四根陰莖堵住她的臉。至於我現在點開的影片，女按摩師還在好整以暇，正要開始磨蹭她的「異性戀女客戶」的內褲。我好像在看一部生態教學電影——或者搞不好還更溫馨——一部關於壁爐的火劈啪作響的電影。我把畫面往前快轉，女人的內褲總算脫掉了，沒多久以前我還覺得這非常刺激，但現在我只覺得速度慢到快要讓我發怒。

那天晚上我開始尋找其他類別的影片。當我找不到我想找的東西時，我就改用另一個搜尋引擎。它很先進，不會儲存你搜尋的關鍵字。

❖

我不認為我是唯一想念希荷麗的人。在那幾天，我們突然很少見到奇歐，我覺得他還因為我們不吃「地平說」那一套而生氣，現在希荷麗和男人與狗正一起在海灘上，索哈姆、路易斯、羅伯特和我顯然已經失去了自己的吸引力。

在休息時間，奇歐越來越常與一群被路易斯蔑稱為「書呆子」的男孩混在一起，儘管當時我們都感覺到——包括路易斯在內——這並不是什麼嚴重侮辱。他們穿著純白名牌運動鞋、厚厚的棉質 Polo 衫，在這種學生或管他是誰的眼中，「書呆子」這樣的稱呼無疑只是個暱稱罷了。

一天下午，他們在離我們不到一公尺的地方大聲起鬨，我們看到奇歐雙手扶在膝蓋上，上氣不接下氣地半蹲著，好像樂到快被噎住了。「一群想紅的傢伙。」路易斯嘟囔著，我點點頭，羅伯特表情呆滯，我只看見索哈姆搖頭，不是因為奇歐和他那一票新朋友打擾了他，而是因為他見識到了我們變得多麼消沉。畢竟，仔細瞧瞧我們：對別人的快樂產生妒意，跟神經兮兮的女鄰居一樣。

我記得，羅伯特就在那天宣布了自己的決定。晚上我們在運動酒吧裡，誰都還沒好好嚥下一口酒，羅伯特劈頭就說：「各位，我有話要對你們說。」雖然他身上散發出大麻的味道，但他看起來還是很緊張。我以為他接著就要說他愛上了我們其中一人，可是羅伯特說的卻是他要離開我們了。

「我受不了黑克沙了。」他說，慎重的咬字顯示他早已準備好接下來要說的話。「我早就受不了了，已經很久了。」

羅伯特的話還沒說完，索哈姆和路易斯就彎腰靠近他，一時間，他們三人融合成一團肌肉纏結的肢體，這畫面通常只會在運動場上看到，特別是在足球比賽進球或確定輸球後。

「很勇敢，夥計。」索哈姆低聲說，這時羅伯特搖搖頭。

「我感覺不到自己像個人了。」

「我懂。」我擁抱羅伯特說。我感覺到他在我頸窩搖頭表示不同意。

「不，親愛的凱萊，」他低聲說，「妳不懂。妳有自己的房子，妳還有選擇。」

我還沒來得及說什麼，索哈姆又一把抓住羅伯特，「你會沒事的，知道嗎？」我看到路易斯閉上眼睛，嘆了口氣。

兩天後就是羅伯特最後一個上班日了。路易斯送給他一個寫著他名字的烈酒杯，羅伯特眼眶泛淚地感謝他；路易斯一直堅持說這沒什麼，我不禁懷疑他以前也送過這類小杯子給即將離職的伙伴，有一瞬間我真想把他摟在懷裡。

奇歐也來向羅伯特道別。男孩們的右手相扣、手指相勾，乍看之下好像在空中揮拳。「可惜希荷麗不在。」奇歐說，每個人都點點頭，我的胃滲出一陣陣的自憐，因為即使希荷麗快要回來，我也突然覺得自己像個孤獨的寡婦，那天晚上我用手指不斷撫弄我的陰蒂，直到陰蒂紅腫發熱。

希荷麗回來的那天，我們正式迎來一波熱浪。停車場陽光炙人，我們沒法坐在我們的矮牆上，晒得發燙的石頭會灼傷我們赤裸的雙腿。在那幾天，不吸菸的員工都待在室內，我們在休息時間只能到樓下大廳閒逛，這個情況很像是有家歸不得，讓我想起了芭芭拉和我曾在擁擠的機場度過十一小時的時光，當時暴風雪讓所有空中交通全部癱瘓。現在則是大夥兒三五成群坐在地板上，剝著柳橙分食。希荷麗和我靠在一面牆上。我很想和她一起直接衝去儲藏室，但自從她回來以後我們幾乎沒有說過話，於是我問她假期是否還愉快。

「還好。」她淡淡地說。

「是嗎？」

「是。能夠暫時離開這一切真是太好了。」

我還沒來得及回話，她就在我的臉頰上飛快地吻了一下，這時奇歐已經過來告訴希荷麗他很想她了：「妳知道羅伯特走了嗎？」

那天晚上，希荷麗一如往常跟我一起過夜。我緊摟著她，她扭動著掙脫我的懷抱，我再次把她抱緊，直到她嘀咕「太熱了」之類的話才放開。

❖

史提蒂克先生，接下來究竟發生什麼事情，可說是眾說紛紜。也就是說，根據我的理解，希荷麗的版本與我的版本完全不同。您知道，上次我和她談話時，她的情緒非常激動。但是，如果您現在拿一把槍指著我的頭，要我說出我們在一起最後幾週的情況，以及八月十五日至三十日之間確實發生的事情，我會告訴您：發生在我身上的事情非但不多，反而少得可憐。

希荷麗回來後，我們又造訪了幾次儲藏室，有一次希荷麗甚至建議把過程錄下來。「之後我們就可以一起觀賞。」她說。這讓我很感動，雖然您可能很難想像。

我想，也許她想彌補些什麼，雖然在我看來這根本沒有必要，她休假回來我就已經很高興了。數位化的第三隻眼睛，這確實令人興奮，我還記得這給我帶來額外的動力。我們從來沒有一起回顧那支影片，但我沒有理由去探索背後的原因。

然而，事情在那個下午之後發生了變化。希荷麗越來越常找藉口避開三樓，比如說當天吃了鮪魚三明治後感覺不舒服、累了，或是想要趕第一班公車回家，因為她要做蔬食千層麵，麵皮得先拿出來泡水。我覺得很遺憾，但也不是那麼驚訝。

我常常想起一句之前曾經聽芭芭拉對她一位老朋友所說的話：「你們彼此了解得越多，做愛就越尷尬。」儘管我至今仍猜想芭芭拉當時指的是其他人——讀書俱樂部共同認識的朋友之類的——但就我們自己的關係而言，這句話準確得令人毛骨悚然。好啦，我現在想到希荷麗描述那腐臭的鮪魚三明治，顯然我們早已進入下一個階段——我把她微妙的婉拒看作是親密關係的證明，您了解嗎？

希荷麗現在或多或少像是搬過來跟我一起住了。她經常提到要一起去那濱海公寓，培特一定會幫我們弄到折扣。她甚至建議我可以跟培特碰面，她說她已經跟他講過許多關於我們的事情，他對我也很好奇。所以，一天下午，我們和米奇與培特相約到城市周圍的湖邊散步。出於一種對彼此的禮貌，我們配合彼此的步伐，走得極其緩慢，培特跟我們講述了他投資竹苗圃的所有事情。

那些日子裡，希荷麗酒喝得比以前少了很多，睡眠也好了一點。我自己則睡得比較糟，而現在我們幾乎不再去儲藏室了，但我不會說這兩件事是相關的。我承認我認為自己很紳士，因為我醒著的時候從來沒有叫醒她。只有非常少數幾次，我會在她旁邊自慰，就只是為了讓自己入睡，而且我向您保證：如果她對我這樣做，我會認為這是完美、而且完全合乎邏輯和正常的。

所以，史提蒂克先生，是的，放下您的槍，那些日子就是這麼過的。

我們一起幻想過未來，（我）幻想過一次還清債務，（她）幻想過攻讀營養學，（她）幻想過領養一隻馬爾濟斯犬，（我們一起）幻想過真正同居，（我）幻想過「找到一份薪水更高的工作」，（她）幻想過「妳是說找到一份正常的工作吧，親愛的」。

然而希荷麗聲稱她對事情的感受不同。現在我對我們最後幾週、甚至更早之前幾週的記憶，就像梅蕾迪特阿姨書櫃上的一塊黃鐵礦。在最佳狀況下，那玩意看起來像真正的金塊，但如果把燈光調暗，這塊石頭會變成銀藍色；如果晚上來到它面前，你眼前所見會是一顆黑色、看似燒焦的石塊。

好的，現在換下一個問題。八月三十日，也就是希荷麗離開我的那一天發生了什麼事情？我認為這個問題更難回答。有時我覺得我了解了，但很快我又開始反覆咀嚼她說過什麼、我說過什麼，我們以前做過什麼、又沒做過什麼，然後我又開始懷疑：也許我記錯了。而那個想法，能讓我鎮定下來的另一種版本的解釋，讓我心中的大鐵砧浮上來了片刻，但在舒暢呼吸了幾口氣以後，那沉重的硬塊又噹啷一聲落回原位，例如因為我又想起了希荷麗最後說過的話。

簡而言之，我對八月倒數第二天的記憶可以用不同的方式來解釋。所以首先讓我告訴您那個星期五到底做了什麼、說了什麼。

❖

當我走進停車場時，已經是兩點二十分了。過去幾週的酷暑，總算交棒給親切的夏末陽光，我突然很想要秋天趕快到來。想到採集松果、小松鼠、格子圍巾和雨靴，我的胸口就開始發癢，我對這些東西都沒有太多經驗，但以前學校就是這樣教我們認識秋天的，而且我對松果的渴望也從未消退，這股渴望每年九月都會抬頭——總之我心情歡快，卻也有點憂鬱。

然後我看到：希荷麗今天和奇歐站在停車場中央，還有奇歐和他那票新朋友當中的兩個咖。他們身材瘦長，一個戴著灰色棒球帽，另一個穿著防皺長版派克大衣；顯然，他們對於濃濃秋意也無法免疫。

我覺得，應該是奇歐先來到我的女人身邊，帽子男和派克男隨後才跟進。也許走過去，跟他們自我介紹會比較有禮貌（我不是說我心情不錯嗎？）。但後來我看到路易斯獨自坐在我們的矮牆上。他也看到了我，舉起一隻手，這個手勢不帶有壓迫感，反而比較像質疑，而我似乎對帽子男和派克男也不怎麼感興趣，因為我告訴自己：希荷麗馬上就會來。

基於對我們矮牆的忠誠，我來到路易斯身旁坐下，他拍拍我的背，我們邊咳嗽邊問候彼此：「嘿，夥計，怎麼樣啊？」

可是希荷麗就是不來。她一直待在奇歐身邊，我看到她向他的新朋友借火點菸。路易斯和我很快就沒話說了。奇歐和希荷麗在眼前，只讓我們淪為觀眾，使我們變得更沉默：「我們是不是應該……」

「過去找他們？」路易斯補充道，我們點點頭，從矮牆上下來。

「哦，嘿！」希荷麗看見我們時說。她的語氣聽起來好像沒想到我們會出現，好像我們兩個是騷莎舞蹈課上認識的同學、她只是出於禮貌才邀請——更該死的是，現在我們突然成為她的派對上第一個到場的客人。她跟我們介紹了帽子男和派克男，但我馬上就忘了他們的名字，因為情況有點不對勁。男孩們看著路易斯，交換了一種我不知該如何定義的眼神，於是路易斯問：「我們可能打擾到你們了，是吧？」

「哦，哪會。」希荷麗說，然後她做了一件我很久以後都還會責怪她的事情——她回答了，而且說出實話：「我們在聊索羅斯啦。」我聽得出來她努力讓自己的語氣聽起來稀鬆平常：哦，他們只是在聊索羅斯、喬治．索羅斯，世界上最有錢的猶太人，所以也是世界上最多人討厭的猶太人。哦，對，那倒也是。

突然每個人都望向路易斯，奇歐、希荷麗、帽子男和派克男，甚至連我也不例外，儘管這麼做毫無道理。路易斯依舊鎮定自若，只是笑笑。

「啊，」他說，「索羅斯，我們的老慈善家。如果讓他全權決定，難民營排出的廢水應該已經汙染了我們的腳踝吧？」

我聽出了其中的諷刺意味，但帽子男和派克男碰了一下彼此的身體，顯然認為這是個不得了的噱頭，他們認識的唯一一個猶太人竟然敢揶揄世界上最有名的猶太人。

「嗯，是這樣沒錯。」奇歐說。他的語氣聽起來很嚴肅，因為他了解路易斯，知道他並不是這個意思。「如果這個人繼續這樣搞下去，他們整群人就會接管這裡，」奇歐說，「而且沒有人會插手。」

「一場災難。」路易斯說，現在就連帽子男和派克男平庸的天線經過調整後，也接收到他的嘲諷訊號。

「我不會這樣冷笑。」帽子男說。

「別告訴我你不知道索羅斯在幹什麼。」派克男說。

「我知道索羅斯在幹什麼，」路易斯說，講到「在」這個詞還特地比出引用手勢，「姑娘們，我在這裡工作的時間比你們還久一點哦。」他想轉身，但帽子男突然說：「他為祖父母落淚的故事不是真的，這你知道吧，整個所謂的大屠殺可能從沒發生過哦。」派克男點點頭。

路易斯停了下來。他看著男孩們，好像他們剛剛把一塊鵝卵石扔進他的衣領裡，不可置信的情緒多於怒意。「別再說了，夥計，」他說，「我高估了你們的智慧。」路易斯又想走開，但帽子男窮追不捨：「難道不是嗎？索羅斯這麼厲害，你覺得還有誰有辦法為歷史上最大的謊言買單？」

歷史上最大的謊言，我知道這句口號。那些逐步「解釋」二戰期間幾乎沒有任何證據顯示毒氣室存在的影片，都用這句口號當開頭。猶太人死在勞改營中，但他們只是死於傳染病，後來在猶太人的衣服上發現了對抗這些疾病的氣體，也就是齊克隆B消毒劑：「一種完全無害的殺蟲劑」。我們會刪除這類影片，但前提是這些影片的發布地點位於否認大屠殺會觸犯刑事罪、且地方當局會主動起訴的國家，例如德國、法國、以色列以及像澳洲這種怪國，我腦海正不斷總結各種規範，而就在我面前、光天化日之下，一場相當致命的激鬥即將發生。

「在二戰中，猶太人的死亡人數頂多只有四十萬。」派克男繼續說，帽子男試著跟進：「反觀兩千萬俄羅斯士兵。」於是派克男踩下油門：「哈瓦拉協定你聽說過嗎?納粹和猶太人其實聯手合理化了以色列的侵略。」

路易斯一直非常安靜。他裝腔作勢地咳了一聲，然後朝奇歐點點頭。

「嘿，這你也相信嗎？」

奇歐看著我，然後望向希荷麗，接著又盯著自己的手看。「反正那些毒氣室的故事不太可信就是了。」他說，不過並沒看著路易斯。

「哦，不可信是吧？」路易斯問道，聽起來像是懇求而不是生氣。我想著他稍早在休息時間對我揮手的樣子，突然了解了對他來說茲事體大。

「他們把我爺爺最喜歡的叔叔給毀了，這難道不可信嗎？」

派克男和帽子男現在又碰了一次彼此的身體，「我爺爺最喜歡的叔叔」，他們認為這很有趣，因為聽起來很甲——路易斯絕對聽得到他們在笑，但他只顧盯著奇歐，他是路易斯最喜歡的人，但他的背叛也傷他最深。

奇歐還在凝視自己的手。「我不知道。」然後，突然間路易斯又笑了。

他快速點了點頭。

然後他直接對奇歐發飆：「你在幫那些法西斯分子打什麼手槍，你是多自卑才想跟這些該死的三K黨當朋友？你自己就是半個巴基斯坦人！天哪，奇歐，誰想得到，你不但長得像一頭肥豬，連腦袋也簡單得跟待宰的豬沒兩樣，喂，你的新炮友們知道地球是平的嗎？」

「其實……」派克男喃喃低語，但路易斯沒聽到：「嘿，小娘炮，你的新配件不見啦？」

我現在才注意到奇歐已經不再佩戴他的地平錶。他就只是站在那裡，搖搖頭，好像不知道該怎麼辦：該保住自己在帽子男和派克男心中的地位，還是過去賞路易斯一巴掌。這時希荷麗插手了。

「拜託，各位大哥！」她說，「不要這樣好嗎？」

天啊，我真受不了，她實在太溫柔了。因為那是我的女孩，那是我的希荷麗；經過突兀的開場之後，現在她似乎能左右戰局勝負。「是的，各位大哥，」我點點頭，「不要這樣好嗎！」

有那麼一刻似乎沒問題，男孩們已經面面相覷，現在該像兄弟一樣，拍拍肩膀和好了嗎？但隨後希荷麗突然又開口了。

「雙方都有話要說。」她嚴肅地說，我看著她。

希荷麗站在那裡，雙手插在過於新潮的夏褲口袋裡，頭髮紮成高高的馬尾辮。如果我現在抱著她，我會聞到菸味，還有她最喜歡的蘋果香水味，一種我覺得不好聞、但仍然讓我感到興奮的氣味，是的，那是我的女朋友，那就是希荷麗，我知道她高潮的樣子，也能畫出她臀部的肥胖紋，知道她小時候寵物的名字，知道她在公車上最喜歡的座位和她最舒服的睡姿。我聽過她的哭聲和嘔吐聲，她在化妝或上廁所時會讓我進來浴室，我知道她認為整理過的床很不性感，我知道她的表情會透露她並不是真正認同某件事。她甚至會告訴我什麼事情讓她夜裡無法成眠，這讓我覺得我了解她，不過我可能錯了，也許我根本就不了解她。這個想法讓我焦躁不安，我得檢查看看，**我得測試看看**——也許就是這個想法使我做出我所做的事情，提出我所提出的問題：「妳剛剛說什麼？」

「我只是說……」希荷麗開口，但已經太晚了，我不需要再聽了。我覺得有什麼事情不對勁，我很清楚我必須閉嘴——可是我又在希荷麗說話時插嘴了，我在心裡甚至提前為此道歉，但我控制不了自己，我感覺自己像是接受灌食的鵝，只是餵食管裡面裝的是各種餿主意，沒錯，我的身體裡面塞滿了各式各樣的愚笨，滿到快吐出來了，滿到忍不住打一個巨大的嗝：「只有超級**大白痴**才會相信大屠殺不存在！」

連路易斯似乎都被嚇到了。不過他們害怕的不是我，而是希荷麗，她究竟會如何應對這種侮辱，特別是當這種侮辱來自她的女朋友？接著男孩們一起開始咯咯笑，帽子男的聲音蓋過了派克男，路易斯對奇歐大吼大叫，他們根本聽不進去對方想要表達的意思，論點消散在充滿針對性的責備和恣意辱罵的嘈雜聲中，好像他們刻意幫我搭起一道聲音牆，將希荷麗從我身邊隔開，保護我們免受無可避免的衝擊。

「操你媽的。」希荷麗咆哮道。她走到我身邊，在我耳邊低語，她可能在某部電影看過這種說話方式：「我們之間結束了，凱萊。」

希荷麗走開了，男孩們沉默了。在我的印象中，我們五個人就這樣目送她，是的，在我的腦海中，我看到我們就這樣站著：我站在前面，路易斯和奇歐像保鏢似地站在我兩側，帽子男和派克男站在我身後，讓我不至於倒下，不會被她的離開所擊垮。

在接下來的一天裡，我都沒跟希荷麗說話，也沒再看到她。她八成是在輪班結束前三個小時從置物櫃裡拿出手機，直接去了公車站。我該打電話給她，但她不會接聽的，當天晚上不會，第二天也不會。當我發現她取消了那個週末的輪班時，我是非常震驚的。

長時間接觸驚悚畫面所造成的二次創傷，
會導致憂鬱、焦慮和偏執的想法。

好吧，我知道我冒犯了希荷麗。我不僅侮辱了她，還在別人面前貶低了她——她受不了了，完全受夠了。我不能否認我是很愚蠢，但她的反應似乎，我該怎麼說呢，太小題大作了。這感覺簡直像是希荷麗在挑戰我：是她先開始討論索羅斯，她早就知道我根本不相信那些亂七八糟的東西。除此之外，關於奇歐的整件衝突，或多或少都順著我們之前討論地平說的方向走，希荷麗早就能預知結局——該不會這就是她當時這麼做的真正用意？

在接下來的幾天當中，我有想過也許這是一次測試。也許我掉進了陷阱，也許希荷麗想知道我這次能不能忍住。好吧，我是忍不住，現在她知道了，但她何必為此取消她的排班？所以這是什麼回事，我究竟錯過了什麼東西？

也許是奇歐造成的，我想。很明顯他喜歡希荷麗，他對她的崇拜一定讓她喜孜孜的，要不然就是她可能不想傷害他的感情。對，也許她恨不得自己可以回應他的感情，這樣的內疚兩度誘使她說出非常奇怪的話。可是，那她為什麼對我這麼生氣呢？她對我們衝突的反應似乎毫無道理，我還得靠索哈姆才得知她已經開始上大夜班了——我的老天，大夜班，她不是有睡眠問題嗎？

史提蒂克先生，這實在太瘋狂了。在我繼續講下去以前，我想問您會怎麼做。如果您所愛的女人從明天開始對您不理不睬，您會怎麼做？在完全沒有任何原因的情況下哦，您沒有欺騙她，也沒有把她的貓推出窗外，這些統統沒有。昨天您所愛的人還用烤箱為您做了烤茄子大餐，而今天您在派對上反駁她講的話，僅此而已。您很想道歉，但您苦無機會，因為您所愛的人就這樣咻地一聲從您的生活中消失了。

您臥室的椅子上還擺著她的衣服，您的衣帽架上還掛著一件外套和一條圍巾。您所愛的人今天早上用來煮蛋的湯鍋裡還有水，她不小心拿了您的手機充電器。所以您打電話，您傳簡訊問究竟發生什麼事。然後您再傳一封簡訊，認錯，然後又傳一封，只是想把充電器要回來。到了那時，您可能再打一次電話。您可能會再打幾次電話，而後到了第二天再打，對吧？您可能會問一個、甚至好幾個共同朋友有沒有看到您所愛的人——承認吧，您會這麼做，對吧？

但是如果這些完全都沒效呢？如果九天過去了，您所愛的人拒絕各種形式的聯絡怎麼辦？您感到內疚，您想說對不起，可能還會感到沮喪，生氣，哦，您當然也會很擔心。但這種行為終究對您所愛的人起不了任何作用，說不定早就有人說服她不要回去。

或者，您所愛的人——恕我使用這個詞——發瘋了，也許睡眠不足和壓力已經把她擊垮，搞不好她正在街上走動著、尖叫著，因為她腦海裡不斷有聲音糾纏著她。不管哪種情況，您都想幫助她，但首先您需要知道到底是怎麼回事。那麼，史提蒂克先生，在這種情況下您會怎麼做？

我敢打賭：和我一樣。您和我一樣，會在您所愛的人工作的停車場一直等著她，不是嗎？

❖

我星期天晚上試過了。那天希荷麗沒有出現，我懷疑她值夜班，她似乎和排班的人串通好了，一旦我不上工，他們就會讓她過來。我是那天下午最後幾個離開的人之一。在外面，我坐在我們的矮牆上，部分是出於習慣，也因為從這裡我可以很清楚看到往裡面走的人究竟有誰。值夜班的第一批同事是開車來的，他們走在停車場上，彼此的間隔很遠。六點半左右，第一班公車到了，一群人緩慢朝門口簇擁，看，是索哈姆，我馬上坐直身子，但他以外的其他人我都不認識。

夜班的工資並不比我們值白天班的多。他們是白天有其他工作的人，或者像索哈姆這樣的人，他們不在乎自己被排到什麼時候上班，搞不好他們晚上怎麼樣也睡不著。天色開始漸漸暗下來，我拉上外套的拉鍊，停好的汽車在黑暗中失去了輪廓。

真是陌生的景象。熟悉的停車場突然暗了下來，陌生的面孔循著我固定會走的路線前進，簡直是平行世界；這個平行宇宙吞噬了希荷麗嗎？晚上來工作的女人比白天多。我看到她們邊走路邊講電話，有時一只手腕上還掛了幾個提包，我想像著這些提包會在皮膚上留下什麼樣的壓紋，突然有個身材纖細、穿著皮夾克的女子閃過，我覺得自己看到了希荷麗。她走得很快，我不確定那是不是她。這樣的懷疑使我當晚一路待下去。

時間來到八點，之後又來到九點。我不斷繞著大樓轉圈，不敢走得太遠。如果希荷麗在休息期間出來了，如果那些叼著菸頭、發出亮光的人當中真的有她，我該怎麼辦？我拿出手機玩了一些遊戲，清除積木、射破氣球。我坐在矮牆前面、而不是上面，因為這樣才能給我的背部一些支撐。我頂著寒意做起開合跳，同時一直盯著五樓的窗戶看。有時我看見一個側影，是她嗎？不，我決心認定那不是她，我的希荷麗更高、更纖細，她的肩膀更寬，不知何故，錯認了幾個人反而讓我感到很驕傲，好像這麼做說明了我對希荷麗的關心程度，進而合理化我幹這件事的正當性。

凌晨一點半左右，第一批員工從大樓裡出來。我相當從容地走到滑門旁邊，藉著大廳的燈光，我能把那些面孔看得更清楚。索哈姆走出來的時候我嚇了一跳，趕緊把視線轉到地上，希望他不會認出我來。我們的晚班同事一個接一個走進停車場，沒有人互相交談，有個穿著皮外套的女人讓我心跳加速，儘管我幾乎一眼就看出那不是希荷麗。

又過了大約四十五分鐘，再也沒人出來了，腎上腺素從我體內湧上。她不在那裡。但是我想，也許她明天會來。畢竟，我自己不用上班，如果希荷麗真的處心積慮想要避開我，她當然會讓自己被排進明天的班表。

我計算了一下，第一個早班時間還需要五個小時才會到來。大樓還開著，也許我可以睡在儲藏室裡，只要把一些零件推到一邊就好。我可以就這樣溜進去，蹬上樓梯，但就在我下定決心之前，有個警衛用一把像日記鎖一樣的小鑰匙鎖上了滑門。我就在那裡，獨自一人在漆黑的停車場上。

我麻木地走回我們的矮牆，矮牆後面有我容身之處嗎？我躺下，隔著外套感覺到粗糙的地磚，然後抬起一條腿，在家我就是這樣上床躺好的。停車場的地面又冷又硬，但矮牆為我提供遮蔽，我躺的地方似乎無風，黑暗使我平靜下來。我一直覺得黑暗可以提供保護：它能夠吞噬怪物，而不是窩藏怪物。我閉上眼睛，想像著自己會躺在這裡直到太陽升起。本來撐得下去的，我坐上計程車回家的時候心想。

❖

第二天下午五點半，我再度來到矮牆前報到。我坐在它前面，就像我前晚做的那樣，這次我做足準備，帶了幾根香蕉和一條我母親以前用過的圍巾——但這些準備實在奢侈過頭，因為到了六點半，希荷麗就已經出來了。一看到她，我的胸肌一縮。所以她真的換了班來避開我。

我走到她身邊，看到她嚇了一跳。「媽的。」她大聲說，停在停車場中央。我舉起一隻手，我們靜靜地站了一會兒。希荷麗朝辦公大樓點了點頭，像個試圖避開警察視線的毒販，然後開始朝她點頭的方向走去。

「你在幹什麼？」她問。我們現在正靠著大樓牆壁，離我前一天晚上在門口站哨的地方不遠。

「妳為什麼這麼生氣？」我問。

「因為我感覺妳在威脅我，」希荷麗說，環顧四周，好像要把一個小信封塞進我手裡，「妳跟蹤我，一天給我打三十次電話。」她的話音嘶嘶作響，她的回答讓我感到困惑。

「我沒那個意思，」我說，「我的意思是，妳為什麼要躲我？」

「哦，」希荷麗說，亢奮地點點頭，「所以妳承認妳在跟蹤我囉？索哈姆說妳昨晚也站在這裡。」

「對，我在找妳，我想和妳談談。」

「那妳不是可以和我約個時間嗎？」

「但妳都沒回我簡訊。」

「妳又不知道。」

「什麼？」

「妳又不知道那時我會不會不理妳。」

史提蒂克先生，希荷麗的舉動太誇張了。這並沒有讓我生氣，而是讓我害怕，因為希荷麗，我美麗、善解人意的希荷麗，就只是站在那裡，雙臂交叉；整個情況讓我隱約想起過去，凱蒂和莎妮絲老是搶走我的書包或滑板，然後當我帶著老師來到現場時，就會聽到她們說：「咕，她不能自己要回來嗎？」那時候我的無力感燃起了一種粗魯的怒意，讓我想把凱蒂項鍊上的玫瑰石英塞進她的喉嚨裡。

但現在希荷麗講出如此無理的話，讓我感到特別恐慌。一瞬間，有那麼一瞬間，我懷疑自己掉進了陷阱。我和希荷麗的整個關係都是個玩笑，也許是和男孩們打賭的其中一個賭局，當他們第一次看到我走向矮牆時就想到可以這樣玩：看看我們能不能騙到她，讓她以為自己很漂亮。

希荷麗放下雙臂。「好吧，」她用一種我無法定義的語氣說，聽起來好像帶有一點挑釁的意味，「那妳想說什麼就說吧。」

「我很抱歉。」我連忙說。

「妳到底對什麼感到抱歉？」希荷麗問道，不知怎的，我覺得這是個奇怪的問題，不過我沒有做出反應。我用一種自知一切太遲的語氣說，就像吞下一隻蝦子以後才嘗到一股怪味一樣：「當妳講到大屠殺的事情時，我的反應太激烈了，我很抱歉。」

我努力讓自己的語氣聽起來婉轉圓滑，但當我說到「大屠殺」的時候，希荷麗便開始搖頭。「妳真的不懂嗎？」她說，「所以妳是真的不懂。」

希荷麗接下來說的話，像是一記當頭棒喝。或者不是，我老實說，她接下來說的話壓垮了我。她一定注意到，我的反應至少可說是相當震驚，幾天後她會再寄給我一封電子郵件嘗試解釋事情；目的究竟是為了在傷口上灑鹽，還是想幫助我理解她，我不知道，但我馬上就刪掉了她的訊息，熱切地在「刪除」的框框上打勾，就像擦掉褲子上留下的月經汙漬那樣。

當我想到我們最後一次談話時，在我們熟悉的工作場所入口旁邊，我無法分辨那次談話的印象在哪些方面重疊、蓋過我對那封電子郵件的記憶，或有哪些彼此吻合的地方——嗯，我兜了一大圈，現在要回到正題了。希荷麗指稱的是這個。

她不想每件事情都和我一樣。這她也說過，但我沒聽進去。我不斷跨越她的界限。不只這樣，我的猜疑心實在是無可救藥。是的，我嚇到她了。她哪知道該怎麼擺脫我咧。

妳支配欲太強了，妳自己心裡其實很清楚，妳知道嗎。

當我說到關於妳的事情時，培特很擔心我。

我不是告訴過妳我現在不想做愛？然後妳就在我躺的地方旁邊自慰。

看呀，凱萊，快來看看螢幕！

「長時間接觸驚悚畫面所造成的二次創傷，會導致憂鬱、焦慮和偏執的想法。」您的新聞稿是這樣說的，不是嗎？我相信是真的，但當我想起我和希荷麗時，我不知道我們之中誰有這種偏執的想法，但我會說，我在某個星期四下午讓她把她的手機放在堆滿雜物的儲藏室左邊架上時，是出於善意，而且非常真誠的。

「嘿，這是個好主意。」我後來還說了這麼一句話。

我不認為這完全是我猜疑心太強，您認為呢？我其實認為是天真過頭了，因為最後一次我們一起站在辦公大樓前的時候，希荷麗就從口袋裡掏出她的手機。

「看呀，凱萊，快來看看螢幕！」

「那是什麼？」

「我們啊。」

我看了看，但很難在反光之中辨認出手機螢幕上的模糊形狀。希荷麗調高音量，用拇指和食指放大畫面。

「告訴我妳看到了什麼。」

「要我說的話，我看到了妳和我。」

「妳覺得這正常嗎？」

「我沒看到什麼奇怪的東西。」

「沒有嗎？那就聽聽我在說什麼。」

希荷麗把手機塞到我耳邊。

「不要鬧了，我聽不懂。」

「天啊，凱萊。」

希荷麗放下手機，再次重播影片。

「假設這是一張『票』，它在妳值班的時候出現了。妳會怎麼做：保留還是刪除？」

「拜託，別鬧了。」

「我是認真的。這是一張票，妳看到了什麼？」

「我什麼都沒看到。」

「說就對了。」

「情色內容，」我輕聲說，「沒有女性乳暈，沒有生殖器官，所以要保留。」

「是哦？那這個呢？」

希荷麗現在指著螢幕上某個東西。

「窒息式性愛，未留下明顯瘀傷或傷口，所以要保留。」

「那脅迫呢？」

「沒有脅迫的問題，保留就對了。」

「拜託，凱萊，聽清楚我那時候說什麼，聽啊！」

希荷麗想再次將她手上那冰冷的機器貼在我耳朵上，但就在這時，索哈姆和路易斯走到外面散步。我懷疑他們剛才就從希荷麗身後走過，但一看到我靠近她就躲進辦公大樓的大廳裡，可能是出於擔憂或想看熱鬧——我一直都希望是後者。

「這裡一切都還好嗎？」索哈姆問道。我原以為希荷麗會放下手機，但她沒有。她反而將手機交給路易斯。「如果這是一張票，」她說，「你們會保留這段影片嗎？」

索哈姆和路易斯在螢幕前若有所思地彎下腰。「左邊那個在說什麼呀？」索哈姆問道，「我看她搖頭表示不要，但她到底在說什麼？」他正要把電話舉到耳邊，但路易斯抓住他的手臂：「哇，搞什麼鬼，那是妳們！」

那時我已經轉身了。我最後一次穿過停車場，拉起毛衣的兜帽，假裝沒有聽到希荷麗的呼喊聲。

7

突然間，我看見自己就這麼站在這裡，

站在監視攝影機簡陋的畫面中。

在停車場的最後一晚之後的那幾天，我一直感覺很丟臉，丟臉到有時只能掌摑自己才能發洩。我正在看一部關於賽車手陷入瓶頸的電影，我的思緒飄到發生在自己身上的事情，然後「啪」一聲，我的臉頰上就出現了紅色痕跡。還有一次我看色情影片，我真是個大傻瓜，「啪啪啪」，幾乎所有畫面都讓我對自己呼起巴掌。我設了幾次鬧鐘，試圖回去黑克沙公司上班，但這個願望從來沒有實現過。

我再也沒有和希荷麗說話或見面，索哈姆、羅伯特、路易斯或奇歐也一樣。不過，很長一段時間以來，我都希望結果會好轉。希荷麗會再次和我見面，成為朋友，甚至進一步發展下去，誰知道呢。

史提蒂克先生，我甚至制定了一個完整的計畫。很像蒙娜麗莎，摩根費里曼，巧克力。

❖

開著梅蕾迪特阿姨的舊別克車到儂娜的父母家，要花四個小時。順帶一提，我告訴梅蕾迪特阿姨我過去幾個月做的工作，不過關於辭職的原因我卻對她撒了謊；我只說我受不了了，她什麼都沒追問就把車借給我，讓我開到海灘過個長週末。「清空我的頭腦」——話是這麼說的啦。

那是一棟位於中型城鎮外一塊土地上的獨棟房屋。儂娜的童年一定充滿了撈蝌蚪和騎小馬的時光。我駛過了房子，然後沿著路邊停車，想像儂娜在星期五的晚上搭公車到市中心，我很好奇她在那裡是不是會被甜滋滋的鳳梨雞尾酒和滑溜溜的男孩舌頭迷倒——她是一定會遇到的。

那是九月下旬的一個工作日，時間已經接近晚間六點，我認為儂娜的父母應該在家。我在車上已經預先練習過自己要說的話。我是儂娜的一位朋友，看過儂娜最近拍的直播影片其中一部（當然不是以審查員的身分，而是一個普通人）。我的好朋友那時看到儂娜的情況不知該怎麼辦，所以沒有過去關心，但是現在難過得睡不著；他們可能有什麼話想對這個朋友說，比如這不是她的錯之類的？

也許他們會認為我的問題不恰當。最糟的情況是儂娜的父母把我轟出去，但最好的情況是他們會原諒「我的好朋友」，他們會給我一份特赦書、也許是一張由父母雙方簽名的紙條，讓我可以利用跟她喝咖啡的時候越過一杯卡布奇諾上方、轉交到她手上，同時握著她的手。如果希荷麗收回手，她至少會欣賞我這樣的舉動，她會看到我的努力是多麼崇高。

走廊的燈亮著，我按了門鈴，但毫無動靜。我又按了一次，沒有傳出磕磕絆絆的腳步聲，也沒有驚訝的喃喃自語。我走進前庭，透過客廳的窗戶往屋裡看：米色的窗簾拉上了，裡面的光線似乎來自一個昏暗的光源，我猜是一盞防盜檯燈。

我繞著房子周圍走動，草坪看起來保養得很差，也許儂娜的父母正在度假。或者他們比較想和親人一起哀悼，無法忍受自己的處境。哦，我懂了，他們眼中一定還會看到儂娜坐在後院那把搖椅上，當他們坐在玻璃採光的後院裡，耳中還會聽到她的笑聲——這時我心想，嘿，那會是她臥室的窗戶嗎？

前門和玻璃採光的後院門都上了鎖。但是房子的右邊還有另一扇木門，上面布滿青苔，材質已經腐爛。我撬了撬門把，踢了幾下門底下的隔板，門竟然咔嗒一聲打開了，如果這裡沒有門，這個聲音可以表示驚訝和憤慨。

突然間，我發現自己置身於一個通往廚房的小隔間，廚房裡有一個擺滿銀燭台的早餐吧檯。我認得那些東西，它們是從我曾經當過接線生的那家網路家具店買的，我知道它們看起來昂貴，但其實不值那個錢。

沿著樓梯的牆上掛著幾幅裱框相片。還是嬰兒的儂娜坐在時尚的木製換洗台上，蹣跚學步的儂娜在海浪中嘰咕叫著，更大一點的儂娜則在騎駱駝。這些照片都很漂亮，而且曝光良好，不過沒有一張是擺姿勢拍的；也許她的父母很會掌握攝影的時機，或者儂娜這個女孩就是知道什麼時候該把目光移開，好讓照片看起來像自己。

越往樓梯上走，相框就越少，顯然住在這裡的人預留了一些空間來放儂娜未來的照片，但那些照片很確定不會再出現了，那空白的牆面突然顯得十分肅穆，視覺效果相當於幾分鐘的沉默。當我爬上這幾階樓梯時，我幾乎不敢喘氣。

樓上有四扇門。我打開的第一扇門通向浴室，第二扇門則通向儂娜的臥室。我按開電燈開關。儂娜的床上不但沒有擺著鮮花和卡片，亮藍色的被子還被掀開、呈現凌亂的樣子；顯然，她的父母在那可怕的一天發現這個房間的情況後，便保留了它當時的原貌。

我走近右邊靠牆的桌子。儂娜在上面放了照片，她的相框比她父母的要鮮豔得多，一個樣式偏舊的淡紫色畫框，兩個粉紅色人造毛皮相框，還有一個帶有蝴蝶浮雕的相框，框裡擺了許多儂娜和朋友的照片，我看到女孩們伸出舌頭、臉頰通紅，還有一張儂娜的照片，照片裡的她比其他照片瘦很多，獨自在遊樂園城堡前擺姿勢。我拿起有蝴蝶的那個相框，把照片拿到面前端詳。我看到了什麼？

儂娜抿脣笑著，和樓梯間裡的照片很不一樣。她有些成熟的姿勢與歡快的背景形成強烈對比，粉紅色的城堡尖塔幾乎像是從腦後冒出來的。她穿著裙子和緊身襯衫，露出平坦的小腹。她的胳膊上有沒有抓痕，膝蓋是不是瘦到皮包骨？我走到窗前，想利用光線把照片看清楚。畫質不是很高，應該是用手機拍攝然後放大的，我到處都看到一些畫素。

樓下傳來一串鑰匙碰撞的噹啷聲。踉蹌的腳步聲從走廊傳來，伴隨著一個疲倦的女性嗓音，還有一個男人正講著一些安慰的話。

突然間，我看見自己就這麼站在這裡，站在監視攝影機簡陋的畫面中。

看，我站在儂娜的臥室窗邊，她的照片、她凹陷的臉頰和蒼白的青少女手腕就在我面前，我記得我那時在想：我到底在搞什麼呢？

參考文獻

這部中篇小說，以及小說裡面的人物和他們的經歷都純屬虛構。然而，本書與現實的相似之處並非巧合。在我研究全球商業網站內容審查員的工作條件時，能夠參考以下書籍、研究、紀錄片和文章令我十分感激。我推薦所有想要了解這個主題的人參考以下內容。

1.《網路清道夫》（*The Cleaners*），漢斯．布洛克（Hans Block）、莫里茲．李瑟維克（Moritz Riesewieck）執導，二〇一八年，gebrueder beetz 電影製作公司

2.《網路審查員》（*The Moderators*），西亞藍・卡西迪（Ciaran Cassidy）、亞德里安・陳（Adrian Chen）執導，二〇一七年，Field of Vision

3.《螢幕背後：社群媒體陰影下的內容審查》（*Behind the Screen, Content Moderation in the Shadows of Social Media*），沙菈・T・羅伯茲（Sarah T. Roberts）著，二〇一九年，耶魯大學出版社

4.《網路上的監護人：平台、內容審核以及型塑社群媒體的那些看不見的決定》（*Custodians of the Internet: Platforms, Content Moderation, and the Hidden Decisions that Shape Social Media*），塔爾頓・吉爾斯皮（Tarleton Gillespie），二〇一八年，耶魯大學出版社

5.《臉書的背後，置身地獄八個月》（*De achterkant van Facebook, 8 maanden in de hel*），夏瑞爾・德・夏隆（Sjarrel de Charon）著，二〇一九年，Prometheus

6.〈幫你的臉書動態牆隔絕屌照和砍頭畫面的勞工〉（'The Laborers Who Keep Dick Pics and Beheadings Out of Your Facebook'），亞德里安・陳撰文，二〇一四年，《連線》雜誌（*Wired*）

7.〈內容審查員控告臉書，稱使其罹患創傷症候群〉（'Content Moderator Sues Facebook, Says Job Gave Her PTSD'），約瑟夫・考克斯（Joseph Cox）撰文，二〇一八年，Vice Motherboard

8.〈臉書背後的地獄〉（'De hel achter de facade van Facebook'），馬切兒・

道恩（Maartje Duin）、湯姆・克列寧（Tom Kreling）、豪爾伯・默德科克（Huib Modderkolk）撰文，二〇一八年，荷蘭《人民報》（*de Volkskrant*）

9. 〈獸交、砍殺和兒童色情：為何臉書審查員因心理創傷控告公司〉（'Bestiality, Stabbings, and Child Porn: Why Facebook Moderators Are Suing the Company for Trauma'），大衛・吉爾伯特（David Gilbert），二〇一九年，Vice Motherboard

10. 〈披露：做為臉書審查員的災難性影響〉（'Revealed: catastrophic effects of working as a Facebook moderator'），亞歷克斯・赫恩（Alex Hern），二〇一九年，《衛報》（*The Guardian*）

11.〈臉書檔案〉（'Facebook files'），尼克・霍普金斯（Nick Hopkins）、奧莉維亞・索隆（Olivia Solon）等撰文，二〇一七年，《衛報》

12.〈創傷樓層：美國臉書審查員的祕密生活〉（'The Trauma Floor, The secret lives of Facebook moderators in America'），凱西・紐頓（Casey Newton）撰文，二〇一九年，The Verge 科技新聞網站

13.〈恐懼序列：這些審查員協助谷歌和 YouTube 排除暴力極端元素——現在其中一些人患有創傷症候群〉（'The Terror Queue, These moderators help keep Google and YouTube free of violent extremism—and now some of them have PTSD'），凱西・紐頓撰文，二〇一九年，The Verge 科技新聞網站

※本書榮獲荷蘭文學基金會（Dutch Foundation for Literature）出版補助。在此由衷感謝荷蘭文學基金會的支持。

Nederlands letterenfonds
dutch foundation for literature

文字森林系列 032

被消失的貼文

Wat wij zagen

作者 哈娜・貝爾芙茨（Hanna Bervoets）
譯者 郭騰傑
封面設計 張瑋芃
內文排版 楊雅屏
主編 陳如翎
行銷企劃 陳豫萱・陳可錞
出版二部總編輯 林俊安

出版者 采實文化事業股份有限公司
業務發行 張世明・林踏欣・林坤蓉・王貞玉
國際版權 鄒欣穎・施維真・王盈潔
印務採購 曾玉霞・謝素琴
會計行政 李韶婉・許俽瑀・張婕莛
法律顧問 第一國際法律事務所 余淑杏律師
電子信箱 acme@acmebook.com.tw
采實官網 www.acmebook.com.tw
采實臉書 www.facebook.com/acmebook01

ISBN 978-626-349-149-6
定價 340 元
初版一刷 2023 年 2 月
劃撥帳號 50148859
劃撥戶名 采實文化事業股份有限公司
104 台北市中山區南京東路二段 95 號 9 樓
電話：(02)2511-9798 傳真：(02)2571-3298

國家圖書館出版品預行編目資料

被消失的貼文 / 哈娜 . 貝爾芙茨 (Hanna Bervoets) 著 ; 郭騰傑譯 . -- 初版 .
-- 台北市 : 采實文化事業股份有限公司 , 2023.02
200 面 ; 14.8×21 公分 . -- (文字森林系列 ; 32)
譯自 : Wat wij zagen
ISBN 978-626-349-149-6(平裝)
881.657 111021331

文字森林
READING FOREST

文字森林
READING FOREST